»Einer der großen alten Könige der Komik.«
Oliver Maria Schmitt

Eugen Egner ist unbestritten der bedeutendste lebende Vertreter der deutschsprachigen Groteske. Auch in den Texten seiner neuen Prosasammlung siedelt das Komische stets dicht beim Schrecken, das Alltägliche beim Absurden. Es geschehen Wunder über Wunder, an denen neben vielem anderen ein altes Radio, aus dem nichtmenschliche Stimmen sprechen, ein verfallenes Haus sowie etliche geheimnisvolle Doppelgänger beteiligt sind. Ein Nachwort spekuliert über einen nie geschriebenen Inselroman und das Vorwort, verfasst von einem toten Dichter, wirft die beunruhigende Frage auf: Stammt dieses Buch überhaupt von seinem Verfasser?

Eugen Egner, geboren 1951, ist Autor, Grafiker und Musiker und lebt in Wuppertal. In den 80er Jahren begann er, Zeichnungen und Cartoons zu veröffentlichen. 1986 erschien sein Bildband »Als die Erlkönige sich Freiheiten herausnahmen«, den Loriot dem Verleger Gerd Haffmans empfahl. Daraufhin veröffentlichte der Haffmans Verlag ab den 90er Jahren Egners Bücher. Insbesondere das »Tagebuch eines Trinkers« war ein großer Erfolg. Egners Roman »Der Universum-Stulp« diente Stephan Winkler als Vorlage für dessen gleichnamige Oper. Egner veröffentlicht regelmäßig in der Titanic und der taz. Zuletzt erschien sein Erzählungsband »Die wahren Zusammenhänge«.

EUGEN EGNER

IHR RADIO HAT EINE WICHTIGE NACHRICHT FÜR SIE!

VERBRECHER VERLAG

Erste Auflage

www.verbrecherei.de

Satz: Christian Walter
Druck: CPI Clausen & Bosse, Leck

ISBN 978-3-95732-496-2

Printed in Germany

Der Verlag dankt Alyssa Fenner.

Inhalt

»Die Person ist entweder tot oder hat tot überlebt.«
(Aus einem Polizeibericht)

Das Gift des toten Dichters (Über dieses Buch)

Sollten Sie nicht lesen können, was ich hier schreibe, kann das daran liegen, daß in diesem Stadtteil eine ganz andere Schrift gebräuchlich ist als im übrigen Land. Was ein weiterer Grund für Unleserlichkeit sein dürfte, sind meine von strengen Vorsichtsmaßnahmen geprägten privaten Lebensumstände. Die Rolläden der Fenster auf der Straßenseite müssen immer einen sechzehn Zentimeter hohen Spalt über dem Sims freilassen. Weder dürfen sie ganz heruntergelassen noch hochgezogen werden. Deshalb verbietet sich der Gebrauch von Kunstlicht. Nach Einbruch der Dämmerung wäre hier an Schreiben nicht mehr zu denken, und mein gesamtes häusliches Leben müßte sich notgedrungen auf den rückwärtigen Teil des kleinen eingeschossigen Hauses verlagern, wo die Rolläden stets gänzlich heruntergelassen sind. Um dieser Einschränkung zu entgehen, setze ich, wenn es draußen dunkelt, auf der Straßenseite schwarz gestrichene Holzplatten von innen vor die Fensterscheiben. Auf diese Weise dringt kein Licht hinaus und kein Blick herein. Außerdem darf nicht geheizt werden, weil der aus dem Schornstein aufsteigende Rauch meine Anwesenheit verraten würde. Da es oft kalt ist und auf dem Grundstück überreiche Holzvorräte lagern, ist die Versuchung groß, in diesem Punkt gegen die Vorschriften zu verstoßen. Doch damit genug von den äußeren Umständen. Ich komme zum Thema.

Nach vielen Jahren unausgesetzten Dichtens hatte ich schließlich mein Talent zuschandengeschrieben. Mir fiel nichts mehr ein, zudem vermochte ich nicht länger, mich sprachlich auszudrücken. Dementsprechend erschien nichts Neues mehr von mir, und wenige Jahre nach meinem Verstummen galt ich als toter Dichter. Als solcher wußte ich nichts mit mir anzufangen. Ich hatte an nichts Interesse und zu nichts Lust. Meine Existenz war ein einziger degenerativer Prozeß. Es kam dahin, daß ich nur noch Steine nach Stadttauben warf. An sich ein löbliches Tun, gewiß, doch etwas wenig für jemanden, der zu Höherem berufen war und in seinem ehemaligen Fach bereits Achtbares geleistet hatte.

Die Ärzte, die ich konsultierte, konnten nichts für mich tun. Irgendwann erzählte mir jemand von einem Sonderarzt für besonders schwere Fälle, der nur ein einziges Mal aufgesucht werden durfte. Obwohl ich mir wenig Hoffnung machte, besorgte ich mir einen Termin. Der Sonderarzt hörte sich an, was ich zu sagen hatte, stellte verschiedene Fragen und führte einige Messungen durch. Dann erklärte er mir meine Situation wie folgt: »Sie müssen es sich etwa so vorstellen, daß der Ihnen innewohnende Dichter gestorben ist. Sein verwesender Leichnam – um im Bild zu bleiben – sondert Leichengift ab, das allmählich Ihr Gehirn zerfrißt. Deshalb sollte er schnellstens aus Ihrem Inneren entfernt werden.«

»Wie denn?« fragte ich ratlos. Der Sonderarzt ging zweimal um mich herum, dann sprach er: »Das ist, wohlgemerkt, nur bildlich zu verstehen. Tatsächlich geht es um intrikate psychische und neuronale Vorgänge. Dafür gibt es Spezialisten. Ich persönlich empfehle Ihnen, viel zu gehen. Und tragen Sie immer einen Holzkeil bei sich, den Sie bei Bedarf im Stehen unter Ihren linken oder rechten Fuß schieben können, um nicht umzufallen.«

Zuletzt gab mir der Sonderarzt noch den Rat: »Lesen Sie außerdem viel im Etymologischen Wörterbuch, auf daß Ihr zerebrales Sprachzentrum stimuliert werde und sich vielleicht wieder so etwas wie Inspiration einstelle.« Damit war die Sprechstunde beendet.

Auf Spezialisten für intrikate psychische und neuronale Vorgänge mochte ich mich nicht einlassen. Ich erwog stattdessen, viel zu gehen, wie der Sonderarzt mir geraten hatte, wußte dann aber nicht, wohin ich gehen sollte, und ließ die Idee fallen. Um nichts unversucht zu lassen, folgte ich der Empfehlung, im Etymologischen Wörterbuch zu lesen. Ich schlug wahllos eine Seite auf und las: *»Stuhleinsamkeit« ist ein Wort mit ca. 15 Buchstaben, von denen der erste ein »S« und der letzte ein »t« ist. Es gibt bestimmt irgendwo jemanden, dem dieses Wort etwas bedeutet.* Einen zweiten Versuch dieser Art unternahm ich nicht.

Mit der Zeit unterliefen mir immer mehr und immer dümmere Fehler. Und immer häufiger hatte ich Absencen, während derer ich irrwitziges Zeug dachte und mich an alles mögliche zu erinnern glaubte, das es nie gegeben hatte. So war ich beispielsweise einmal überzeugt, seit Jahren in einem bestimmten Haus eine zweite Wohnung zu haben, die ich mied, weil ich mich vor ihr fürchtete. Tatsächlich aber war jenes Haus schon vor Jahrzehnten abgerissen worden. Ein anderer Tagtraum verschaffte mir beim Erwachen die Gewißheit, an einem staatlich organisierten »Sonderexistieren für Fremdlinge« teilnehmen zu müssen, weil ich die Anschaffung eines »Glückseligkeitsberechners« verweigerte. Die ständige Benutzung eines solchen Geräts galt als Pflicht für die gesamte Bevölkerung. Der Hersteller dieser schismatischen Apparate hatte durch raffinierte Winkelzüge die Regierung dazu gebracht, ein entsprechendes Gesetz zu erlassen. Wer sich widersetzte, galt als »Fremdling« und mußte mit Zwangsmaßnahmen rechnen. Erst nach etlichen sehr bedrückenden Minuten begriff ich, daß ich mir alles nur einbildete. Manchmal unterlag ich für Stunden oder halbe Tage solchen Täuschungen. Ich glaubte, die schädigende Wirkung des Leichengifts in meinem Innern zu spüren. Zweifellos war mein Verstand in Auflösung begriffen. Die Realität selbst schien zu zerfallen. Wie ein Schlafwandler nach dem Erwachen sah ich mich in zunehmendem Maße mit den Folgen von Handlungen konfrontiert, an die ich mich nicht erinnern konnte. Zum Beispiel fand ich Gebrauchsgegenstände an falschen Stellen meines Haushalts vor, oder geschlossen gewähnte Fenster und Türen waren weit geöffnet. Mit der Zeit wurden die Vorfälle dramatischer. Eines Morgens wachte ich in einem mir unbekannten, sehr kargen kleinen Haus auf, in dem ich mich seither verberge. Der Himmel allein weiß, wovon ich mich ernähre! Vielleicht von anonymen Opfergaben, denn ich argwöhne, meine Bleibe könne ein verfallener Tempel sein.

Eine fast noch unerklärlichere Folge meines unbewußten Tuns – wenn es sich denn wirklich um eine solche handeln sollte – entdeckte ich einige Zeit später. Auf dem ramponierten alten Tisch, an dem ich dies jetzt schreibe, lag an einem verhangenen Novembernachmittag plötzlich ein fünf Zentimeter hoher Stapel beschriebenen Papiers. Die Handschrift erschien mir vertraut, es konnte durchaus meine eigene sein. Nach der Lektüre des Konvoluts kam ich zu dem Schluß, daß ich tatsächlich, ohne etwas davon zu ahnen, ein – laut Datierung vor kurzem fertiggestelltes – umfangreiches Buchmanuskript geschrieben hatte. An den Inhalt konnte ich mich zwar schon nicht mehr erinnern, war aber sicher, das Recht zu besitzen, den Text unter meinem Namen zu veröffentlichen. Dazu mußte die handgeschriebene Fassung allerdings erst einmal abgetippt werden. Weil ich keine Möglichkeit hatte, es selbst zu tun, blieb mir nichts anderes übrig, als jemanden zu suchen, der die Arbeit für mich übernahm und im Idealfall auf seine Bezahlung wartete, bis ich einen Vorschuß von einem noch zu findenden Verlag bekommen hatte. Mir kam der Umstand zuhilfe, daß auf einem am Deckblatt befestigten Zettel in einer mir unbekannten Handschrift notiert war:

In einem der alten Läden beim Bahnhof gibt es ein Schreibbüro, das damit wirbt, alle Arten von geschäftlichen wie privaten daktylographischen Arbeiten zu erledigen. Nachts hingehen!

Das war ein wertvoller Hinweis. Gleichwohl blieben mehrere Probleme bestehen:

1. Ich mußte mein Versteck verlassen, das ich, wie ich zu wissen glaubte, nie von außen sehen durfte.

2. Ich wußte nicht, wo der Bahnhof war, weil ich nicht wußte, wo ich überhaupt war.

3. Ich hatte kein Geld, um das Abtippen des Manuskripts zu bezahlen.

Was mir immerhin entgegenkam, war der Hinweis, ich solle bei Nacht zu dem Schreibbüro gehen. So konnte ich verhindern, mein Domizil von außen und damit eventuell in einem identifizierbaren geographischen Kontext zu sehen. Eine Regelung für die Punkte 2. und 3. mußte sich dann irgendwie ergeben.

Ich wickelte den Papierstapel in ein altes Geschirrtuch, etwas Geeigneteres fand ich nicht. Vorsichtshalber verließ ich das Grundstück nicht auf der straßenzugewandten Seite, sondern auf der rückwärtigen, wo hohe Bäume und Sträucher standen und eine eingleisige Bahnlinie verlief. Im Freien war es empfindlich kalt. Ich besaß keine Winterkleidung und hatte auch nicht erwartet, mich noch einmal nach draußen begeben zu müssen. Zum Glück regnete es nicht. Mit erstaunlicher, geradezu schlafwandlerischer Sicherheit fand ich – ohne die Gegend zu kennen – den richtigen

Weg. Vielleicht verdankte ich diese Fähigkeit meinen vielen Absencen. Kaum eine Viertelstunde später erreichte ich mit dem Manuskript unter dem Arm die alte Ladenstraße beim Bahnhof. Die Straße war kümmerlich beleuchtet und menschenleer. Leuchtreklame gab es nicht. Nur bei einem der Geschäfte in den niedrigen Flachbauten brannte schwaches gelbliches Licht. Auf einem handgemalten Schild im Schaufenster stand:

Schreibbüro Lindberg
Alle Arten von
geschäftlichen und privaten
daktylographischen Arbeiten

Als sinnfällige Dekoration waren darunter – jetzt nur schwer erkennbar – etliche zum Teil sehr alte mechanische Schreibmaschinen versammelt. Hinter der Glasscheibe der Tür hing eine Preisliste, die ich bei der herrschenden Dunkelheit nicht entziffern konnte. Tatsächlich war der Laden geöffnet, und ich trat ein. Die Innenbeleuchtung wirkte kaum stärker als das gelbliche Licht im Schaufenster. Es war offensichtlich, daß die Schreibarbeiten nicht in diesem Raum, sondern vermutlich im Hinterzimmer ausgeführt wurden. Im vorderen Bereich gab es nur eine Theke mit Kasse, einige Regale sowie eine mit einem niedrigen Tisch und drei Sesseln möblierte Sitzecke. Hinter der Theke tauchte eine gespenstisch wirkende Frau auf. So weit ich mich erinnere, war sie nicht mehr jung, hatte aber pechschwarzes langes Haar. In der Mitte gescheitelt und glatt anliegend, sah es naß aus. Dazu paßte das enge schwarze Kleid der Frau. Was jedoch den Eindruck des Gespenstischen am stärksten hervorrief, war ihr leichenblasses, hohlwangiges Gesicht. Ihre Stimme klang rauh und tief, als sie mich begrüßte. Ich packte das Manuskript aus und zeigte es ihr. Sie blätterte es flüchtig durch. Nachdem sie keine grundsätzlichen Schwierigkeiten mit der Lesbarkeit meiner Handschrift feststellen konnte, erklärte sie sich bereit, den Auftrag anzunehmen. Wie wir hinsichtlich der für mich problematischen Bezahlung verblieben, weiß ich nicht mehr. Ich kann mich ebensowenig erinnern, ob ich eine Auftragsbestätigung erhielt oder irgendetwas unterschrieb. Ich weiß lediglich noch, daß ich in einer Woche wiederkommen sollte. Nachdem alles besprochen war, verließ ich den Laden ohne das Manuskript. Den Rückweg zu meinem Versteck fand ich ebenfalls mit erstaunlicher Leichtigkeit. Um so schwerer fiel es mir, eine Antwort auf die Frage zu finden, wie ich das Abtippen des Manuskripts bezahlen sollte. In meinem Zustand traute ich mir kaum zu, zu wissen, wann eine Woche vergangen sein würde.

Als ich glaubte, es sei soweit, ging ich wieder bei Nacht zur alten Ladenstraße. Diesmal war es dort dunkler als zuvor, das schwache, gelbliche Licht aus dem Schreibbüro fehlte. Bald erkannte ich die Ursache: Das Ladenlokal war leergeräumt und verschlossen. Das Schreibbüro war nicht mehr da. Irgendeine Information für potentielle Kunden konnte ich nirgends entdekken. Ratlos starrte ich in das leere Schaufenster. Ich fragte mich, ob das unbewußt verfaßte Manuskript – wie auch das Schreibbüro – vielleicht nur wieder eine wahnhafte Einbildung gewesen war. Ebenso gut konnte die Konfrontation mit dem leeren Ladenlokal eine Phantasmagorie sein. *Alles*, was ich zu erleben glaubte, wurde möglicherweise vom Leichengift meines toten inneren Dichters induziert. Falls nicht dieses Gift gleichfalls eine Wahnvorstellung war. Unfähig, das Rätsel zu lösen, zog ich mich in die Abgeschiedenheit meines verfallenen Tempels zurück und versteckte mich vor der Welt. Ich hatte das Gefühl, daß die Atmosphäre aus verschmierten Dissonanzen bestand. Ein ermüdender, fast schon Übelkeit erregender Druck in meinem Kopf war die Folge. Das sogenannte Vergehen der Zeit empfand ich als eine Raserei ohne Vorankommen, der Ablauf der Geschehnisse schien in die Länge gezogen und irgendwie festzuhängen.

Bis sich überraschend Frau Lindberg, die gespenstische Daktylographin, bei mir meldete. Sie hatte die Größe meiner Arbeit erkannt, als sie mein verloren geglaubtes Manuskript abtippte. Ohne zu zögern hatte sie ihr Schreibbüro aufgegeben, alles verkauft und sich fortan ausschließlich für die Veröffentlichung meines Manuskripts eingesetzt – mit Erfolg. Es ist in Form eines neuen Buchs von mir erschienen, dessen Vorwort ich soeben schreibe.

Eugen Egner, im Frühjahr 2021

Warten auf die Geschichte

Bitte warten Sie, die Geschichte fängt gleich an. Der Junge mit der Sonnenbrille muß nur schnell noch was erledigen. Dafür werden Sie bestimmt Verständnis haben. Bei dem Jungen ist es immerhin früh am Morgen, und seine Großeltern verstehen keinen Spaß. Warum aber trägt er eine Sonnenbrille? Es ist doch noch gar nicht richtig hell! Junge, sei nicht albern! Nimm die Sonnenbrille ab! Na also ... oha! Schon gut, setz sie wieder auf!

Bitte warten Sie noch einen Moment, der Junge muß erst die Sonnenbrille aufsetzen. Ist doch schöner so, finden Sie nicht auch? Wie anmutig er sie zu tragen versteht! So, jetzt kann es weitergehen. Lesen Sie ruhig weiter, er nimmt die Brille nicht noch einmal ab.

Die Geschichte fängt gleich an, gehen Sie nicht weg! Sie möchten doch nicht den Anfang verpassen, oder? Eine Geschichte ohne Anfang macht keinen Spaß, allerdings verstehen die Großeltern des Jungen, wie gesagt, sowieso keinen. Sie sind auch gegen sein Verhältnis mit dem Sportlehrer – nein, nein, keine Angst, das war nur ein Scherz von mir, um die Wartezeit bis zum Beginn der Geschichte zu verkürzen. Ein geschmackloser Scherz, das gebe ich zu. Aber Sie haben doch sicher Humor, stimmt's? Na bitte! Konnte ich mir auch nicht anders vorstellen. So, der Junge ist gleich fertig mit seinen Erledigungen. Wenn Sie bitte noch ein bißchen Geduld hätten, das wäre schön. Vielen Dank. Nanu? Ich seh ihn nicht mehr! Der Junge kann doch nicht einfach verschwinden! Sehen *Sie* ihn noch? Auch nicht? Vielleicht hat er Bakterien, von Bakterien hört man oft in letzter Zeit.

Aber was soll das jetzt? Was macht denn der Oberförster da? Weg! Oberförster weg! Jeden Augenblick kann die Geschichte anfangen! Hat man Worte! Ah, da ist der Junge wieder. Wo er wohl war? Wir werden es nie erfahren ... Sehen Sie nur, wie souverän er das erledigt, was er zu erledigen hat! Beeindruckend für sein Alter. Schade, daß seine Großeltern so gar keinen Spaß verstehen. Garantiert ist er in wenigen Augenblicken fertig, dann beginnt endlich die Geschichte. Ehrlich! Nur die Ruhe, verehrtes Publikum, unternehmen Sie nichts, der Staat kommt für alles auf. Vielleicht ist was mit dem Rentenanspruch, oder es muß mal eben der Blutdruck gemessen werden? Manchmal müssen bei Lebewesen auch die Köpfe nachjustiert werden, es ist ja praktisch immer irgendwas, und nichts ist perfekt, am wenigsten Lebewesen.

Jetzt kann es aber wirklich nicht mehr lange dauern. Was hab ich gesagt? Der Junge ist fertig. Endlich fängt die Geschichte an.

An der See

Eines Nachmittags sprach mein Gönner, der Akademische Rat H., im Café Haas zu mir: »Mein Bester, so wie die Dinge augenblicklich liegen, wäre es besser, wenn wir die Stadt für eine Weile verließen. Lassen Sie uns an die See fahren. Das Finanzamt bezahlt alles.«

Natürlich wehrte ich mich mit Händen und Füßen dagegen, doch zuletzt trafen wir in dem kleinen Badeort ein, dessen Namen ich nie erfahren habe. Eine Frau vom Fremdenamt nahm uns an der Bahnstation in Empfang und klärte uns darüber auf, daß wir uns, um bleiben zu können, paßgenaue Schutzhüllen aus Kunstleder machen lassen mußten. Wir konnten wählen zwischen Hüllen mit oder ohne Taschen.

»Nehmen Sie welche *mit* Taschen«, riet uns die Frau, »wenn doch das Finanzamt alles bezahlt.« Ich kann gar nicht wiedergeben, was der Akademische Rat H. darauf antwortete, so verwickelt und undurchschaubar war seine Rede. Frauen gegenüber hatte er sich meines Wissens auch schon in der Vergangenheit überaus rätselhaft geäußert. Mir fiel eine Szene ein, deren Zeuge ich auf der soeben überstandenen Fahrt geworden war. Der Zug hatte bewohnte und unbewohnbar gemachte Landstriche durchmessen, während H., wenn ich nicht irre, von seiner Zeit als Nervenarzt sprach. Als eine Schaffnerin unser Abteil betrat, um unsere Fahrausweise zu kontrollieren, wurde offenbar, daß H. keine gekauft hatte. Deswegen nicht im mindesten verlegen, richtete er selbstbewußt das Wort an die Schaffnerin. Seine Ausführungen klangen für mich fremdartig und sinnlos. Wahrscheinlich handelte es sich aber um eine Geheimsprache der Bahnleute, denn die Schaffnerin schien alles zu verstehen und sogar zu akzeptieren. Mit offenkundig schlechtem Gewissen wünschte sie uns zuletzt eine angenehme Reise und verließ das Abteil. Der Zwischenfall wurde sowohl von H. als auch mir diskret übergangen. Keiner von uns hat ihn später je erwähnt.

Doch zurück zu unserer Ankunft in dem Badeort. Für den Augenblick verschoben wir die Anschaffung der Schutzhüllen, denn zuerst wollten wir unsere Unterkunft aufsuchen. Die Frau vom Fremdenamt hatte dafür Verständnis und schied von uns mit den Worten: »Ich melde mich wieder. Ich weiß ja, wo Sie logieren.«

Der Akademische Rat H. hatte für uns Einzelzimmer im Gästehaus Möwe reserviert, einem aus Parterre und Obergeschoß bestehenden schlichten Gebäude mit Giebeldach. Es stand am Ende der letzten Straße vor dem Strand, nur etwa fünfzig Meter von der Brandung entfernt. Trotzdem bot es keinen Blick aufs Meer, weil die Häuser auf der anderen Straßenseite die Aussicht versperrten. Ich erinnere mich, daß eine ältere korpulente Frau namens Tulp das Gästehaus führte. Sie hatte eine strenge, sachliche Art. Mir kam es so vor, als könne sie jeden Augenblick in zwei Personen auseinanderfallen, in eine Frau und einen Mann. Als wir bei ihr eintrafen, überreichte sie uns zuerst einen Werbeprospekt und Bestellformulare für Schutzhüllen. Dann zeigte sie uns die Räumlichkeiten. Unsere Zimmer befanden sich im Obergeschoß. Im Parterre, wo auch die Küche war, gab es ein Speisezimmer sowie einen Aufenthaltsraum mit Sitzmöbeln, Radio und Fernsehgerät.

Beim Warten aufs Mittagessen widmeten wir uns dem Prospekt. Der Hersteller der Schutzhüllen tat sich in seinen schriftlichen Äußerungen durch eklatante Nichtbeherrschung von Orthographie und Grammatik hervor. Das Ganze machte einen höchst unprofessionellen Eindruck auf mich, und mir kamen sofort

Zweifel, was die maßgefertigten Erzeugnisse der Firma betraf. H. teilte meine Skepsis offenbar nicht, denn als am Nachmittag die Frau vom Fremdenamt kam und sich nach unseren Bestellungen erkundigte, gab er sofort die gefütterte Ausführung des schwarzen Kunstlederüberzugs in Auftrag.

»Und Sie?« fragte mich die Frau. Ich lehnte dankend ab.

H. und ich saßen danach im Speisezimmer beisammen, aßen, tranken und führten tiefgründige Gespräche. Unausweichlich berührten unsere Erörterungen Fragen nach der Natur des menschlichen Bewußtseins. H. deutete an, er habe während seiner Zeit als Neurologe in der Graafschen Heilanstalt gewisse Erkenntnisse gewonnen, die »schwächere Charaktere« als ihn »völlig aus der Bahn geworfen« hätten. Doch lehnte er es ab, mehr zu diesem Thema zu sagen – »um unseres Seelenfriedens willen«.

Ich fragte mich, was wir während der Zeit unseres Aufenthalts an der See zum Zwecke des Zeitvertreibs unternehmen würden. Beabsichtigte H. eventuell, mir den riesigen verwesenden Kadaver eines am Strand angespülten sogenannten Seeungeheuers zu zeigen? Dann wäre es sicher von Vorteil gewesen, eine Schutzhülle zu tragen. Erleichtert nahm ich aber bald zur Kenntnis, daß mein Gönner keinerlei Interesse an Stranderkundungen oder sonstigen Ausflügen erkennen ließ. An unserem ersten Abend im Gästehaus Möwe saßen wir bei einer Flasche Wein im Aufenthaltsraum und hörten Radio. Ich weiß noch, daß Musik von Szymanowski gesendet wurde. Am Ende der Null-Uhr-Nachrichten hieß es in der Wettervorhersage: »Die Nacht bringt eine zum Teil klare Nacht.« Nach der langen, anstrengenden Bahnfahrt, einigen Mahlzeiten und mehreren Gläsern Wein verspürte ich das Bedürfnis, mich zu Bett zu begeben. Der Akademische Rat H. schien nicht so zu empfinden.

»Wollen Sie noch nicht schlafen gehen?« fragte ich ihn.

»Ich vertrage keinen Schlaf«, antwortete H., »mein Verstand leidet darunter.«

Wäre ich nicht so müde gewesen, hätte ich vielleicht mein Erstaunen über diese Bemerkung geäußert. So aber wünschte ich H. eine gute Nacht und stieg die Treppe zu meinem Zimmer empor. Bei den notwendigen Verrichtungen im Bad stellte ich fest, daß der Abfluß des Waschbeckens nicht richtig funktionierte. Das Wasser lief empörend langsam ab. Diesen Mißstand gedachte ich am nächsten Morgen zu reklamieren.

Ich verließ das Bad und trat in dem dunklen Zimmer ans Fenster, um in die mondhelle Nacht hinauszusehen. Die Straße war menschenleer und still. Gegenüber erblickte ich ein paar alte zweistöckige Häuser. Hinter ihnen lag, bis auf wenige kleine Ausschnitte verdeckt, das Meer. Das letzte Haus zur linken, bei dem die Straße endete, fiel durch eine eigentümliche Bauform auf. Jemand schien es ohne Plan aus zufällig vorhandenen Bestandteilen gebaut zu haben. Im Unterschied zu den übrigen hatte dieses Haus kein Giebeldach, sondern ein flaches, das auf der dem Meer zugewandten Seite schräg abfiel. Während die für mich sichtbare Seitenwand des Erdgeschosses konventionell wirkte, war die der oberen Etage mit senkrecht angeordneten Brettern grob verkleidet. Zwei kleine Fenster an ungewöhnlichen Stellen verstärkten den Eindruck der Mißwüchsigkeit. Das Abwegigste aber war die Straßenfront des Stockwerks. Über einem dem gemauerten Parterre in diesem Bereich vorgelagerten, höchstens einen Meter tiefen, tür- und fensterlosen Brettervorbau mit steilem Schrägdach bestand die gesamte Wandfläche fast bis zum Dach aus zwei von Balken eingerahmten großen Öffnungen, die nur mit Maschendraht verschlossen waren. So entstand der Eindruck überdimensionaler

Kaninchenställe. Oberhalb des rechten war wie zur Krönung dieser architektonischen Sinnlosigkeit ein ans Dach stoßendes kleines Fenster eingesetzt. Es fiel mir schwer, mich vom Anblick des Hauses loszureißen. Besonders die beiden käfigartigen Öffnungen fesselten meine Aufmerksamkeit. Gebannt starrte ich sie an und versuchte zu erkennen, was sich hinter dem Maschendraht befand. Bei Vollmond hätte ich damit vielleicht mehr Erfolg gehabt, so aber glaubte ich lediglich, hin und wieder etwas schattenhaft Dunkles wahrzunehmen, das sich dort bewegte. Ebenso gut konnte es Einbildung sein. Mit dem Vorsatz, mir die Sache bei Tageslicht genauer anzusehen, wandte ich mich gähnend ab, um ins Bett zu kriechen. Der Schlaf ließ nicht lange auf sich warten.

Als ich wach wurde, war es draußen bereits hell. Ich lag auf dem Rücken und wunderte mich über die fremde Umgebung. Allmählich dämmerte mir, daß ich mit H. an die See gereist war und meine erste Nacht im Gästehaus Möwe verbracht hatte. Alles fiel mir wieder ein, die lange Bahnfahrt, die aufdringliche Frau mit den Schutzhüllen, Teile unserer Gespräche. Der Anblick des Vorhangs vor dem Fenster löste eine weitere Erinnerung aus. Zunächst glaubte ich, es sei eine Traumszene gewesen, in der ich aus diesem Fenster geschaut hatte und mit einem ganz unwahrscheinlichen Objekt konfrontiert worden war. Doch das konnte nicht sein, denn ich erinnerte mich nie an Träume. Ich begriff: Das unwahrscheinliche Objekt hatte ich noch im Wachzustand gesehen. Demzufolge mußte es auch jetzt da sein. Die Neugier trieb mich aus dem Bett. Ich zog den Vorhang zurück und blickte auf die Straße. Das letzte Haus zur linken nahm sich bei Tageslicht nicht weniger verrückt aus als in der Nacht.

»Wer baut so etwas?« fragte ich mich. »Und wozu?«

Die beiden käfigartigen Räume hinter dem Maschendraht waren anscheinend leer. Allerdings konnte ich wegen ihrer hohen

Lage nicht tief hineinschauen. Ich überlegte, ob ich den Akademischen Rat H. auf das Haus aufmerksam machen sollte, falls er es nicht schon selbst entdeckt hatte. Zuletzt entschied ich mich, nichts zu sagen und die Sache nach dem Frühstück allein einer näheren Betrachtung zu unterziehen.

Im Bad wurde ich wenig später wieder mit dem verstopften Abfluß des Waschbeckens konfrontiert. Darüber ärgerte ich mich so sehr, daß ich sofort Frau Tulp aufsuchte. Ich traf sie in der Küche an. Höflich, doch bestimmt, trug ich mein Anliegen vor. Frau Tulp erschrak sichtlich, wurde sogar etwas blaß, blieb jedoch gefaßt und erwiderte, sie wolle ihrem Mann Bescheid sagen. Dann ging ich ins Speisezimmer. H. saß dort schon frühstückend am Tisch und las eine Zeitung. Dafür, daß er nicht zu schlafen pflegte, machte er einen erstaunlich frischen Eindruck. Wir hatten noch nie irgendwo gemeinsam gefrühstückt. Es war so ähnlich wie bei unseren Treffen im Café Haas. Auch dort pflegte er immer bereits zeitunglesend bei Kaffee und Kuchen zu sitzen, wenn ich eintraf. Ich wünschte ihm einen guten Morgen und konnte mir nur mühsam die Frage verkneifen, ob er noch immer oder schon wieder an seinem Platz säße. Von seiner Lektüre aufschauend, erwiderte H. meinen Gruß.

»Kommen Sie«, lud er mich ein, »werden Sie des Seelentrostes teilhaftig, den ein warmes Getränk und feste Nahrung am Morgen spenden. Ein Existieren als Mensch beginnt möglich zu werden!«

Da ich mich allmorgendlich aufs Frühstück zu freuen pflegte, sagte ich: »Wie wahr, wie wahr!« und nahm H. gegenüber Platz. Ich saß kaum, als Frau Tulp mein Frühstück hereinbrachte. Ohne ein Wort stellte sie das vollbeladene Tablett auf den Tisch und verschwand wieder. Während H. weiterlas, aß und trank ich mit Genuß. Wie sich bereits am Vortag gezeigt hatte, war die Verpflegung im Gästehaus Möwe tadellos. Zu meinem Wohlbefinden an diesem

Morgen trug nicht unwesentlich das Faszinosum des seltsamen Hauses auf der anderen Straßenseite bei. Ich erfreute mich an dem Gedanken, es bald näher in Augenschein nehmen zu können.

Mitten in diese von Ruhe und Behagen geprägte Stimmung platzte die Frau vom Fremdenamt herein mit den Worten: »Lassen Sie sich nicht stören!« Sie trug einen fast koffergroßen, flachen Karton bei sich. Den stellte sie auf den freien Nebentisch, entfernte den Deckel und nahm die Schutzhülle heraus, die der Akademische Rat H. bestellt hatte. »Schon fertig?« staunte dieser. Er betrachtete die Hülle, die die Frau in die Höhe hielt, von allen Seiten und bestand darauf, sie unverzüglich anzuprobieren. Wie ich zugeben mußte, machte das Werkstück einen ordentlichen Eindruck und paßte genau. Für den moderaten Preis konnte niemand mehr verlangen. Trotzdem blieb ich bei meiner Zurückhaltung und gab dies der Frau vom Fremdenamt gegenüber auch zu verstehen.

»Überlegen Sie es sich«, riet sie mir, »ich komme morgen wieder.«

Nachdem sie gegangen war, kündigte H. aus seiner Schutzhülle heraus an, er müsse nun einige Telephonate sowie geschäftliche Korrespondenz erledigen. Dazu begab er sich in den Aufenthaltsraum. Ich ging hinauf in mein Zimmer, um mir die Zähne zu putzen. Im Bad mußte ich feststellen, daß sich die Abflußsituation am Waschbecken nicht verändert hatte. ›Man soll auch keine Wunder erwarten‹, dachte ich. ›Bis zum Abend wird die Angelegenheit hoffentlich in Ordnung gebracht worden sein.‹

Ungeduldig, das architektonische Rätsel aus der Nähe zu besichtigen, lief ich dann treppab zur Haustür. Ich öffnete sie und war soeben im Begriff, ins Freie zu treten, da fühlte ich mich am Arm gepackt und zurückgerissen. Die Haustür wurde mit einem Knall zugeschlagen. »Wahnsinniger!« rief eine mir vertraute

Stimme in höchster Aufregung. »Das wäre um ein Haar Ihr Ende gewesen!« Es war der Akademische Rat H., der mich auf so dramatische Weise zurechtwies. Mir wollte kein Grund für sein Verhalten einfallen, deshalb sah ich ihn entgeistert an. »Haben Sie vergessen, was Sie da draußen erwartet?« fuhr H. fort. »Wir sind hier nicht zu Hause! Wollen Sie wieder in endlose Treppenhäuser und Labyrinthe geraten, aus denen Sie nie mehr hinausfinden?«

»Aber gestern sind wir doch auch draußen gewesen, als wir hier ankamen!«

»Da hatten wir, wie Sie sich vielleicht erinnern werden, noch keine Nacht an diesem Ort zugebracht.«

Den Sinn seiner Rede nicht im mindesten begreifend, wollte ich auf die Gefahr hin, für ganz und gar verblödet gehalten zu werden, um Aufklärung bitten. Doch bevor ich dazu kam, stand Frau Tulp bei uns. Mit sehr ernster Miene sagte sie: »Meine Herren, ich muß Sie leider darüber unterrichten, daß Sie nicht hierbleiben können. Wir geben den Betrieb auf.«

»Warum?« fragte ich konsterniert. Frau Tulp antwortete: »Wegen des verstopften Waschbeckenabflusses in Ihrem Zimmer.« Mir fehlten die Worte. Der Akademische Rat H., noch immer seine Schutzhülle tragend, bestimmte: »Wir reisen sofort ab.«

Eine sofortige Abreise war nicht in meinem Interesse, denn ich brannte darauf, mir das eigentümliche Haus genauer anzusehen. Deshalb wandte ich ein: »Ich denke, es ist lebensgefährlich, jetzt hinauszugehen!«

»Sie verstehen aber auch gar nichts«, stöhnte H.

Und wie zur Bestätigung seiner Worte bedienen sich seit jenem Moment die Menschen in meiner Umgebung ausnahmslos der Spezialsprache, die H. bereits früher im Umgang mit Frauen benutzt hatte.

Wiedersehen im Wald

Ein Fremdkörper im Mund bewirkte, daß ich mich zu Fuß in einer Straße wiederfand, die ich seit meiner Jugend nicht mehr aufgesucht hatte. Naturgemäß traf ich alles stark verändert an, sogar das Umspannwerk war entfernt worden. Wo mochten die Anwohner nun wohl ihren teuren Strom umspannen? Vielleicht in dem kleinen Wald am oberen Ende der Straße? Ob es den kleinen Wald überhaupt noch gab? Das wollte ich gern untersuchen, denn die Frage erschien mir aus einem weiteren Grund bedeutsam: Falls es den Wald nicht mehr gäbe, was wäre dann aus dem Reisebusunternehmen geworden, das sich dort einst aus Gründen der Angst versteckt hatte? Die Angelegenheit war aufregend. Entsprechend aufgeregt lief ich die Straße hinauf.

Oben angekommen, sah ich wahrhaftig, ganz wie früher, besagten kleinen Wald vor mir. Er machte einen überraschend unveränderten Eindruck. Ob er mich erkannte? Ich betrat ihn, wie ich es in früheren Jahren getan hatte, und bemerkte gleich, wie sehr sich der kleine Wald in seinem Inneren treu geblieben war. Der Trampelpfad und die ihn säumenden Pflanzen sahen nach wie vor zum Verrücktwerden aus. So weit ich erkennen konnte, wurde in dem Wald keinerlei Strom umgespannt. Ganz in der Nähe des großen Erdlochs, das an derselben Stelle wie ehedem klaffte, fand ich dann das Reisebusunternehmen. Nach all diesen Jahrzehnten versteckte es sich noch immer hier! Wie groß mußte seine Angst sein! Reisebusse standen im Schatten unter den riesigen, vollbelaubten Bäumen herum. Das Reisen schien in den Jahrzehnten des Versteckens von ihnen abgefallen zu sein. Der Inhaber des Unternehmens graste versonnen auf einer Schneise.

Leutselig ging ich auf ihn zu, grüßend und leise schwatzend. Sich in den Hüften hebend, grüßte der Grasende zurück. Mit vollem Mund sprach er von früheren Reisen, von menschengefüllten Bussen und der großen Angst, die schließlich dazu geführt hatte, daß man sich hier versteckte. Später kam seine Frau, eine freundliche ältere Dame, von einem der Bäume herunter. Sie lud mich ein, zum wöchentlichen Insektenrennen rund um das Erdloch zu bleiben. Es gab sogar eine Wettannahmestelle, und ich setzte meinen ganzen Wochenlohn auf die Motten. Die Spannung stieg, schon wärmten die konkurrierenden Wespen schnalzend ihre Fahrräder an.

Eine fremde Frau im Ort

Seit vierzehn Tagen hielt sich in unserem Ort eine fremde Frau auf. Zuerst war sie von niemandem bemerkt worden, denn damals besuchten viele Auswärtige unseren Ort, um sich im Kunstmuseum das verschwundene Bild anzusehen. Erst allmählich erkannten wir in der Frau einen Dauergast. Es wurde Zeit, sie zur Rede zu stellen. Die Aufgabe fiel mir zu, und eines Dienstagnachmittags plazierte ich meinen Waldhaushalt so, daß die Fremde auf ihrem Weg unweigerlich daran vorbeikommen, wenn nicht sogar hindurchgehen mußte.

In unmittelbarer Nähe verlief der Fluß. Die Fische saßen am Ufer und warfen Dreck ins Wasser. »Seht euch diesen Mist an«, sagte einer von ihnen. Die Fische machten Probleme. Bei uns war das Wasser genormt (Normwasser), und wir wollten, daß es so blieb. Doch obwohl wir es ihnen streng verboten hatten, warfen die Fische dauernd Dreck hinein, worunter die Norm litt. An besagtem Dienstagnachmittag warfen sie sogar Dreck nach der Frau, als sie sich meinem Waldhaushalt näherte. Ich bot ihr an, bei mir in Sicherheit abzuwarten, bis die Fische weiterschwammen. Notgedrungen kam sie herein. »Herrje, die vielen Bahn-Bilder an den Wänden!« rief sie aus. Ich erklärte ihr: »Als Kind wollte ich zur Bahn, doch meine Eltern waren dagegen und sagten: ›Du kannst dir Bilder von der Bahn an die Wände hängen. Das reicht.‹ Und so ist es bis heute geblieben.«

Bevor ich die Frau fragen konnte, was sie in unserem Ort zu suchen hatte, fing sie von allein an zu berichten: »Ich bin zur

Beerdigung meines Onkels hergekommen. Das war vor vierzehn Tagen, und jetzt bin ich noch immer hier. Ist es denn richtig, daß mein Onkel täglich wieder beerdigt wird?« Woher sollte *ich* das wissen? Zufällig hatte ich den Verstorbenen zur Hand, sogar lebend. Ich zeigte ihn meiner Besucherin, und die beiden begrüßten einander wie alte Bekannte, während der Dreck von draußen an die Fensterscheibe klatschte.

»Mir geht es gut«, sagte der Onkel zu seiner Nichte, »fahr ruhig nach Hause. Die Menschen suchen nur etwas Zerstreuung, deshalb bestatten sie mich so gern.« Ich merkte altklug an: »Zerstreuung ist gut, sollte jedoch nicht bis zur Pulverisierung gehen.« Niemand lachte. Die Frau fragte ihren Onkel, ob er ein Beruhigungs- oder Schlafmittel benötige, er aber erwiderte, er könne auswendig schlafen. Nach einem formlosen Abschied sagte die Frau: »Gut, daß das nun zu Ende ist.«

»Die Fische sind fort«, stellte ich anläßlich eines Blicks aus dem Fenster fest. In der nächsten Sekunde war auch die fremde Frau fort.

Erschöpft sank ich auf meinen Ruhesessel nieder. »Ich werde jetzt ein Stück Schokolade essen«, sprach ich zu mir selbst, »das Leben muß weitergehen.«

Biographie eines begabten Kindes

Eigentlich habe ich nun alles erreicht, was sich innerhalb der Reichweite eines begabten Kindes befindet. Vorübergehend erwäge ich eine Selbsttötung aufgrund tiefster Zufriedenheit. Selbstverständlich bin ich zu jung, um die volle Tragweite eines solchen Gedankens erfassen zu können. Vom Tod weiß ich immerhin, daß er eine anerkannte Gefahr ist.

»Und wie verhält es sich mit der Sexualität?« fragte ich einmal den Pfarrer. Er erwiderte: »Einer der Hauptgründe für sexuelle Handlungen ist Ratlosigkeit.« Die Wissenschaft scheint ihm darin Recht zu geben.

Eigentlich müßte ich dringend meine Autobiographie verfassen. Diesem Vorhaben steht unglücklicherweise im Wege, daß ich von einigen sehr wichtigen meine Familie und mich betreffenden Details keine Kenntnis besitze. Daher habe ich bislang nur den ersten Satz meines Lebenslaufs geschrieben: *Meine Geburt traf mich unvorbereitet und kam mir ungelegen.* Meine Eltern sind nicht bereit, meine großen Informationslücken zu schließen, denn sie wollen von Familiendingen nichts wissen. Jedesmal, wenn ich auf dieses Thema zu sprechen komme, halten sie sich die Ohren zu und schreien. All das wirkt sich nachteilig auf meinen beruflichen Werdegang aus. Ohne lückenlose Biographie kann ich keine richtige Anstellung bekommen.

Eines Vormittags, als meine Mutter und ich gerade beginnen, das Leergut zu sortieren, kommt eine Nachricht für mich. Ich solle jetzt kein Leergut sortieren, heißt es darin, sondern sofort zur

Handelsschule fahren und eine Frau treffen, die beabsichtige, meine Biographie zu schreiben. Eile ist geboten.

Ich laufe also zum Busbahnhof und erfahre zu meiner Überraschung: »Der Busbahnhof ist heute woanders.« Da, wo er sonst immer zu sein pflegte, sind jetzt gigantische Baumaßnahmen im Gange, die, wie man hört, mindestens zehn Jahre dauern sollen. Anwohner und Passanten zeigen sich verärgert. »Konnte das nicht vorher angekündigt werden?« fragt eine Dame. Die Bauarbeiter behaupten, sie seien selbst von der Aktion überrascht worden. Man habe sie in der Nacht geweckt und, notdürftig instruiert, zu ihrem neuen Einsatzort gebracht. Inzwischen haben sie ein enormes Loch ausgehoben. Der Zweck ist ihnen unbekannt.

Irgendwie erreiche ich trotzdem die Handelsschule. An der Bar frage ich nach der Frau, die ich hier treffen soll. Der Wirt weiß Bescheid und schickt mich ins oberste Stockwerk, wo die Frau mich schon erwartet. Ich erkläre ihr, daß ich nicht viel Zeit habe: »In einer halben Stunde werde ich daheim vom Pfarrer abgeholt. Da er mich für ein begabtes Kind hält, will er mit mir in die Stadt fahren und mir einen Wasserfarben-Malkasten kaufen. Außerdem soll ich am Abend während einer öffentlichen Veranstaltung im Rathaus das Förderetikett mit Hormon erhalten.«

Die Frau, die meine Biographie schreiben will, notiert sich alles. Dann greifen die Baumaßnahmen am früheren Busbahnhof allmählich auch auf die Handelsschule über, und wir fahren zu mir nach Hause, weil es da ruhiger ist. Die Biographin lernt meine in der Küche herumgeisternden Eltern kennen. Als sie ihnen Fragen nach Details aus der Familiengeschichte stellt, halten sie sich die Ohren zu und schreien.

Auch schrilles Klingeln ist zu hören, doch kommt es von der Wohnungstür. Ich gehe nachsehen. Draußen steht ein vor Jahren verstorbener Schulfreund. Besorgt frage ich ihn: »Du weißt doch, daß du tot bist?«

»Ja, ja«, antwortet er, »ich will dir nur das hier bringen.«

Ich bin entzückt: »Danke! Das habe ich seit vielen Jahren gesucht!«

Inzwischen habe ich auch den zweiten Satz meiner Autobiographie geschrieben: *Die Welt hat mich immer gestört.*

Kleidung und Holz

Abermals waren wir mit einer Holzspende unterwegs zum Louvre. Um nicht zu Fuß gehen zu müssen, fuhren wir mit dem Zug. Während der nicht sehr langen Fahrt kamen wir auf die Kleidungsstücke zu sprechen, die wir in unserem Leben schon besessen und getragen hatten. Wir spekulierten darüber, wie groß ihre Gesamtzahl sein mochte, und ob wir ihnen gerecht geworden seien. Es kam auch zur Sprache, wie schnell wir sie jeweils, wenn sie abgetragen waren, zugunsten neuer vergessen hatten. Unweigerlich stießen wir dabei an die Grenzen unseres Erinnerungs- und Vorstellungsvermögens. Beruhigend wirkte der durch und durch vernünftige Satz, den eine von uns zuletzt sprach: »Wenn man sich an alle Kleidungsstücke erinnern könnte, die man je getragen hat, käme man zu nichts im Leben.«

Nachdem der Zug unser Fahrtziel, den Louvre-Bahnhof, erreicht hatte, stiegen wir mit unserer Holzspende aus. An Kleidungsfragen dachte nun niemand mehr. Wie üblich, wurden die Regenschirme aller Passagiere an einer dafür vorgesehenen Stelle auf einen Haufen geworfen. Mein Kommentar dazu lautete damals wie heute: »Dieser Brauch ist, mit Verlaub, unsinnig und sollte schnellstens abgeschafft werden.«

Ich nahm mir vor, mich in der Sache offiziell zu beschweren. Es mußte eine zuständige Stelle bei der Bahn geben, wie es bekanntlich eine beim Louvre gab. »Der Leiter der Beschwerdestelle Holz im Louvre«, hieß es, »reißt sich während der Dienststunden

Haare aus den Ohren. Seine Schreibtischuhr ist stehengeblieben. So kann er nicht arbeiten.«

Bis zur Annahme- und Ausgabestelle für Holzspenden waren es noch gut hundert Meter. Ohne jede Schwierigkeit legten wir auch diese Distanz zurück und gaben unsere Spende ordnungsgemäß ab. Anschließend standen wir im Freien vor dem Louvre. Soeben hatten wir eine namhafte Holzspende geleistet und lachten nun befreit. Wir lachten aus unserer Kleidung heraus, die uns fast ganz umhüllte, um uns eine Heimstätte zu gewähren in der Welt.

»Es ist gut zu lachen«, sprach ich, »doch es ist auch gut, Holz gespendet zu haben.«

Jemand von uns scherzte: »Ich möchte nicht wissen, wieviel Holz ich schon gegessen habe.« Eine andere Person rief: »Jetzt noch ein holzfreies Getränk!«

Beendet all den Unsinn!

Eines Tages war es wieder Nacht. Ich war zu faul zum Schlafen und blieb lange auf. Die Zeit verwich wie mit grober Feile abgetragen. Melancholisch sann ich dem Duft der Sekunden nach. Der Teppich schwankte schwer verständlich.

Mit der Zeit prallte ich gegen den Umstand, daß da ein Malmen war, das die Luft erfüllte. Es schien nicht vom Himmel zu kommen, sondern vom Keller auszugehen. Was für ein Unsinn wurde da getrieben zu dieser Stunde? Das Malmen schwoll schroff an. Entschlossen, dem Treiben auf den Grund zu gehen und ihm, wo möglich, ein Ende zu setzen, erhob ich mich und ging unter das Haus.

Dort angekommen, gewahrte ich Fremde im Kellergewölbe. Es bestand kein Zweifel daran, daß sie es waren, die das verruchte Malmen hervorriefen. Folglich richtete ich das Wort an die Fremden im Keller und sprach also: »Ich komme, um den Unsinn zu beenden.«

Überrascht nahm ich alsbald zur Kenntnis, daß ich in eine Versammlung der »Partei zur Beendigung des Unsinns« geraten war. Ich trat auf der Stelle ein. Wenn ich den Unsinn, sowohl den sich hier ereignenden als auch den allgemeinen, großen Unsinn der Welt, wirklich beenden wollte, mußte ich Mitglied dieser Partei sein.

Für den nächsten Vormittag waren die ersten Aktionen anberaumt. Der Ortsgruppenleiter und Kanzlerkandidat der Partei wies die Subalternen an, die selbstgemachte Fahne zu entrollen. Nach Absingen der Parteihymne »Und wenn die Welt voll Unsinn wär« zogen wir froh gestimmt los, um unser Programm praktisch umzusetzen und all den Unsinn zu beenden.

»Achtung, Achtung! Sofort mit dem Unsinn aufhören!« riefen wir agitierend in Fußgängerzonen und Einkaufsgalerien. Die Menschen, denen wir begegneten, waren mehrheitlich auf unserer Seite, fuhren jedoch gleichwohl fort, alle möglichen Arten von Unsinn zu praktizieren. Offenbar lag noch ein weiter Weg vor uns.

Der Kranzvorfall-Schadensplan

Ich möchte jetzt etwas über den Kranzvorfall-Schadensplan schreiben. Wenig ist über ihn bekannt. Alles, was wir wissen, ist dies:

Das Bremsmaterial des Zahnkranzes kehrte am Abend mit ein paar bescheidenen Walzen heim. Da kam der Kondensor und zog den Schraubring von der halben Ölbüchse ab. Alle, der Balgen, der Buchsenmund und der sogenannte Erzbischof, bördelten am Boden an. Im Kontrollgerät blieb alles dunkel.

Zur Zeit dieser Ereignisse führten wir bei relativ rascher Generationenfolge ein erfülltes Leben. Infolge des Umstands, daß wir ausschließlich nachtaktiv waren, fiel uns bald auf, daß die Nacht vielfältige, von der Natur gut vorbereitete Gefahren bereithielt. Im Dunkeln lauerten unter anderem rasende Randfiguren. Ihr anhaltendes Brüllen aus religiösen Gründen gefiel nicht allen. Im Zusammenhang mit dem Kranzvorfall-Schadensplan spielen sie aber, wie man heute weiß, keine Rolle.

Daß die Natur den Einsatz von Nachtgefahren finanzieren konnte, war kein Wunder, denn wir hatten jahrelang wie die Wahnsinnigen Geld auf ihr Konto eingezahlt. Dadurch war das Universum etwas größer geworden, weshalb wir auch einige neue Wörter lernen mußten (in der Mehrzahl einsilbige Interjektionen aus labio-dentalen Frikativen). Jetzt habe ich genug über den Kranzvorfall-Schadensplan geschrieben.

Das Tagebuch

Eine Frau, die alte Tagebücher fremder, meist schon verstorbener Menschen sammelt, kauft auf einem Trödelmarkt ein mit einem Schloß gesichertes Tagebuch ohne den dazugehörigen Schlüssel. Daheim überlegt sie, wie das Buch zu öffnen sei, ohne es zu beschädigen. Zuletzt überwindet sie die Barriere gewaltsam mit einem geeigneten Werkzeug. Auf der nunmehr zugänglichen ersten Seite findet sie den mit Klebeband befestigten Schlüssel. Es folgen die Aufzeichnungen eines jungen Mannes, dessen Name vorn im Buch vermerkt, der Leserin aber völlig unbekannt ist. Wie die Frau bei der Lektüre verblüfft feststellen muß, ist sie vor Jahrzehnten der Lebensmittelpunkt des Tagebuchschreibers gewesen, ohne etwas davon zu ahnen.

Aufgewühlt bemüht sie sich anschließend, etwas über den Mann herauszufinden. Es gelingt ihr jedoch nicht. Alle Auskünfte deuten darauf hin, daß es ihn nie gegeben hat.

Der transsylvanische Kiefer

Der Fall des transsylvanischen Kiefers würde nie geklärt werden, so viel stand fest. Kommissar Kleb und ich beschlossen, unseren Erfolg angemessen zu feiern. Wir kannten einander ursprünglich vom Nordpol her, genauer: vom Vergolden des Nordpols, und wir hatten schon einiges gemeinsam gefeiert. Es schien geradezu unvermeidlich, daß wir uns an unsere gemeinsame Zeit in Transsylvanien erinnerten. Zwangsläufig kamen wir auch auf den Fall des transsylvanischen Kiefers zu sprechen. Etwas Neues fiel uns zu dem Thema nicht ein, deshalb wiederholten wir mehrmals alles, was wir zu dem Thema schon gesagt hatten.

»Wir hatten eine gute Zeit in Transsylvanien«, stellte der zu nachträglicher Verklärung neigende Kleb fest. Ich war nicht gewillt, irgend etwas zu beschönigen, und gab zu bedenken: »Aber die Sprache! Das einzige, was ich verstand, war ›Tu schnoist‹!«

»Nicht ausgeschlossen, daß das Sprachproblem für unser Scheitern mitverantwortlich war«, meinte Kleb.

Beim Feiern entdeckten wir zufällig eine Ausstellung mit dem Titel *Wunderbare Erscheinungen in der Natur*. Wir waren uns darin einig, daß der Titel ein Unsinn war, besichtigten die Ausstellung aber trotzdem. Das erste Exponat war eine Tafel, auf der in großen Lettern geschrieben stand: *Wunderbare Erscheinungen in der Natur sind entweder große Löcher im Boden oder herumliegende Riesenklumpen (nicht selten vom Himmel gefallen).* Mit ernsten Mienen schritten wir weiter, um auf der zweiten Tafel zu lesen: *Die Ameisen wissen nichts von der christlichen Heilslehre.* Ein weiteres »Naturwunder« hieß *Plattenspieler mit integriertem Plattenspieler (hochfertig).* Wir wurden immer nachdenklicher, bis Kommissar Kleb unvermittelt aufschrie. Er hatte ein Exponat entdeckt, das, wie ich – nun ebenfalls aufschreiend – sah, als *Transsylvanischer Kiefer* ausgewiesen wurde. Mit so etwas hatte niemand rechnen können. Vielleicht, dachte ich, war es ein Hinweis des Schicksals darauf, daß dieser Fall nun doch noch gelöst werden konnte? Kleb riß die Dienstmarke aus der Tasche und rannte los. Wohin, das weiß ich bis heute nicht. Inzwischen bin ich längst in einem ganz anderen Bereich tätig und arbeite an einem realistischen Gegenentwurf zur Finanzkrise für Mädchen und Jungen gleichermaßen.

Brief

Allwöchentlich kam ein handgeschriebener Brief. Ich konnte nie auch nur ein einziges Wort entziffern.

Der zweite Bahnhof

Ein in der älteren Eisenbahn-Literatur häufig vorkommendes Motiv ist der »zweite Bahnhof«. Darunter versteht man ein mit einem regulären Bahnhof zwar namensgleiches, äußerlich jedoch stark von diesem abweichendes Gebäude an einer anderen, oft unsinnigen Stelle in der Nähe des Originals. Dieses Motiv tritt vorwiegend in Träumen von Menschen auf, die über lange Zeit hinweg täglich mit der Eisenbahn zur Schule oder Arbeit und zurück fahren. Seltener sind Berichte über im Wachleben (in der sogenannten Realität) gemachte Erfahrungen mit diesem Phänomen. Mir selbst ist es in jungen Jahren einmal begegnet.

Als ich an einem frühen Nachmittag von der Schule heimfuhr, bog der Nahverkehrszug kurz vor meinem Reiseziel überraschend nach links ab, anstatt geradeaus weiterzufahren. Er hielt dann etwa zweihundert Meter von der eigentlichen Station entfernt an einer gänzlich anders aussehenden, die trotzdem den gewohnten Namen trug. Entsprechend verunsichert stieg ich aus. Weil aber die Gegend größtenteils vertraut wirkte, hatte ich keine Schwierigkeiten mit der Orientierung. Bald erreichte ich die Straße, in der ich mit meinen Eltern wohnte. Unser Haus war allerdings nicht mehr das altbekannte. In Bauweise und Größe unterschied es sich gewaltig von dem vormaligen. Auch meine Eltern waren ganz andere, mir gänzlich fremde Leute. Nichtsdestoweniger sahen sie in mir ganz selbstverständlich ihren Sohn. Das brachte mich auf den Gedanken, ich selbst könne mich ebenfalls äußerlich verändert haben.

Ein Blick in den Garderobenspiegel zeigte mir jedoch, daß dies nicht der Fall war. Erstaunlicherweise wußte ich genau, wo in der unbekannten Wohnung mein Zimmer war. Als ich es betrat, mußte ich zur Kenntnis nehmen, daß ihm jede Ähnlichkeit mit demjenigen fehlte, das ich am Morgen verlassen hatte. Der einzige Gegenstand, den ich kannte, war mein altes Radio. Ich erlitt einen Verzweiflungsanfall und wurde nach Verabreichung eines Beruhigungsmittels ins Bett gesteckt.

Am nächsten Morgen erwachte ich wieder in der richtigen Umgebung. So erleichtert ich war, hatte das Erlebnis vom Vortag mein Vertrauen in die Welt doch nicht eben gestärkt. Daß ich alles nur geträumt hätte, glaubte und glaube ich bis heute nicht. Wahrscheinlich war durch den Schlaf die Störung beseitigt und die alte Realitätsillusion wiederhergestellt worden. Letztere blieb danach in ihren Grundzügen zwar konstant, doch wurde mit der Zeit immer deutlicher offenbar, daß sie hoffnungslos zerrüttet war.

Inzwischen sind überall in der noch bewohnten Welt die Naturforscher mit der Erklärung der Eisenbahn beschäftigt. Ihre Arbeit befindet sich erst im Anfangsstadium, sehr viel Geduld ist erforderlich. Parallel dazu versucht die Wissenschaft auch, solche Phänomene wie Telephonapparate, Plattenspieler oder Radiogeräte zu enträtseln.

Die äußerste Dehnung des Seins

An der Bushaltestelle erscheint ein seltsam wirkender jüngerer Mensch männlichen Geschlechts, der durch die völlig unnatürliche, bis zum Blödsinn gezierte Art auffällt, wie er eine Zigarette raucht. Er scheint sich dabei an einer extrem exaltierten, geradezu empörend manierierten und wirklichkeitsfernen Vorstellung vom Zigarettenrauchen zu orientieren. Besonders in der Profilansicht kommt dies vollendet zur Geltung. Die Lippen närrisch gespitzt, hält der Raucherdarsteller die Zigarette mit Daumen und Zeigefinger am Filter, während er die übrigen Finger bis zum Anschlag abspreizt und den Arm entsprechend verkrampft hält (Bruchgefahr). Die Augen aller sind auf ihn gerichtet.

»Ja«, sagt er mit blecherner Stimme, »dies ist meine erste Zigarette.«

Er muß, warum auch immer, beschlossen haben, sie jetzt und hier in der Öffentlichkeit zu rauchen. Die Frage ist allerdings, ob er sie tatsächlich raucht, denn seine spitzen Lippen berühren kaum den Filter, auch traut man ihm nicht die Kraft zu, die nötig ist, daran zu ziehen. Niemand hat je etwas dermaßen Unsinniges gesehen, einige der auf den Bus Wartenden werfen überfordert ihre Monatskarten zu Boden, daß es klatscht. Doch kommt es zu keinerlei Gewalttätigkeit, was durchaus für die Friedfertigkeit der Bewohner dieses verrufenen Landstrichs spricht. Alle spüren, daß etwas geschehen muß, ohne daß jemand sagen könnte, was.

Die Zeit bis zum Eintreffen des Busses vergeht quälend langsam, das Sein wird aufs Äußerste gedehnt. Ein Ausleiern muß befürchtet werden. Da entwickelt der absurde Mensch mit der Zigarette vor unseren Augen ein Raucherbein. »Das wäre doch nicht nötig gewesen«, denken die meisten. Endlich kommt der Bus, niemand denkt mehr an den Blödmann mit der Zigarette.

Die Nacht vom 16. auf den 17. September

Ich hatte von jemandem gelesen, der ein altes, verlassenes Haus beobachtete, weil er glaubte, etwas Geheimnisvolles verberge sich darin. Mir ein Beispiel daran nehmend, begann ich ebenfalls, ein altes, verlassenes Haus zu beobachten. Es war allerdings nicht meine Art, mich mit reiner Nachahmung zufriedenzugeben, deshalb wählte ich ein Gebäude, das, wie viele andere in dieser Gegend, vor etwa sechzig Jahren im Zuge einer Straßenbaumaßnahme abgerissen worden war. Als Kind hatte ich das viergeschossige Gründerzeit-Mietshaus einige Male gesehen, bevor es verschwand. Nun näherte ich mich ihm allnächtlich von der Rückseite her, wo sich in neuerer Zeit ein Parkplatz befand, und verharrte geduldig in meinem PKW. Manchmal stieg ich auch aus und ging, dem früheren Verlauf der Straße folgend, langsam an der Vorderfront des Hauses vorbei.

In der Nacht vom 16. auf den 17. September saß ich wieder in meinem Wagen, hatte das Autoradio eingeschaltet und hörte klassische Musik, während ich das Haus beobachtete. Plötzlich wurde der Rundfunkempfang von einem lauten Krachen und Prasseln gestört, wie es durch ein nicht entstörtes Elektrogerät oder einen Wackelkontakt entstehen kann. Verärgert wollte ich das Radio ausschalten, doch da brachen die Geräusche schon ab. Ein erregender optischer Eindruck lenkte meinen Blick auf das oberste Stockwerk des Hauses. In einem der sonst immer dunklen Fenster glomm jetzt ein schwaches, leicht pulsierendes Licht! Nun hatte auch ich

Grund zu glauben, in dem von mir observierten Objekt verberge sich etwas Geheimnisvolles. Wenige Sekunden später landete auf dem Dach etwas Großes, das für mein Empfinden kein Vogel sein konnte, und war gleich darauf nicht mehr zu sehen. Ich fragte mich, was es wohl gewesen und wo es geblieben sein mochte. Gespannt wartete ich darauf, ob womöglich weitere solcher Flugwesen folgen würden. In letzter Zeit hatte ich wiederholt von Fremden mit großen Fledermausflügeln gelesen, die in der Stadt aufgetaucht seien. Doch es kamen keine. Statt dessen verließen zwei Gestalten durch den Hinterausgang das Haus. Ich weiß nur noch, daß sie so etwas wie lange schwarze Umhänge trugen. Wegen der Dunkelheit waren ihre Gesichter nicht zu sehen. Sie gingen nach rechts (von mir aus gesehen), wo eine Reihe alter Mehrfamilienhäuser stand, die seinerzeit nicht abgerissen worden waren. Ich stieg aus, schloß den Wagen ab und folgte den Gestalten vorsichtig. Obwohl ich mich lautlos bewegte und Abstand wahrte, bemerkten mich die Verfolgten schon bald. Stehenbleibend drehten sie sich zu mir um, und im selben Augenblick spürte ich, wie sich alles veränderte.

Als Fünf- oder Sechsjähriger war ich bei strahlendem Sonnenschein mit meinen Eltern auf dem nämlichen Bürgersteig unterwegs, allerdings in entgegengesetzter Richtung. Das Bewußtsein, mit dem ich all dies wahrnahm, war unverändert das meines erwachsenen Ich. Entsetzt über mein Äußeres, insbesondere den gräßlichen Haarschnitt und die kurze Hose, war ich zugleich doch bezaubert, weil die Umgebung ebenfalls ihr damaliges Aussehen hatte. Die Häuser wiesen keine Anzeichen fortgeschrittenen Verfalls mehr auf, und meine Eltern waren etwa dreißig Jahre alt.

Die Straße war nur auf einer Seite bebaut, so daß auf der anderen der Blick auf die parallel verlaufende Bahnstrecke frei war.

Mit großen Augen sah ich Züge vorbeifahren, die von Dampflokomotiven gezogen wurden. Da war auch wieder der typische Geruch, der früher in der Nähe von Bahnhöfen und Gleisstrecken die Luft erfüllt hatte. Aufgeregt erwartete ich, nach der nächsten Biegung der Straße das Haus zu sehen, das ich beobachtet hatte. Wenn ich jetzt fünf oder sechs Jahre alt war, mußte die Straßenführung die aus der Zeit vor der großen Baumaßnahme sein. Auf diese Gedanken konzentriert, achtete ich nicht auf den großen gelben Briefkasten, der rechts von mir an einer Hauswand hing, bis ich den lauten Knall hörte und den Schlag gegen meine Stirn spürte. Dann wurde es dunkel.

Als der, der ich vor der zeitlichen Rückversetzung gewesen war, kam ich morgens in meinem Bett wieder zu mir. Ich konnte mir nicht erklären, wie ich dorthin gekommen war. Nach dem Aufstehen sah ich im Spiegel, daß meine Stirn keine sichtbaren Spuren eines Anpralls trug. Mein Gesicht war jedoch ungewohnt bärtig, ich hatte mich offenbar länger als gewöhnlich nicht rasiert. Verunsichert überprüfte ich das aktuelle Datum und kam zu dem Schluß: Mir fehlten zwei Tage. Meine Erinnerung reichte nur bis zu meinem Zusammenstoß mit dem Briefkasten. Es schien mir das Beste zu sein, zuerst einmal zu frühstücken. In den Rundfunknachrichten wurde von einem älteren Mann mit Amnesie berichtet, den die Polizei in der Nacht, als ich mein verstörendes Erlebnis gehabt hatte, nicht weit von meinem Wohnort aufgegriffen hatte. Da er keine Personalien bei sich gehabt habe, sei er in Gewahrsam genommen worden. Doch noch bevor seine Identität festgestellt werden konnte, habe er sich plötzlich »in Luft aufgelöst«.

In der Wunderschau

Ich mußte dringend etwas mit einem Wissenschaftler besprechen, der mir Hilfe in einer für mich schier lebenswichtigen Angelegenheit zugesagt hatte. Der in bestimmten Geheimkünsten bewanderte Mann betrieb zur Tarnung ein aus einer längst vergangenen Zeit übriggebliebenes, völlig heruntergekommenes Hifi- und Fernsehtechnik-Geschäft. Die hinteren Räumlichkeiten dienten ihm als Labor. Jedoch konnte ich den in einer Seitenstraße gelegenen Laden nicht mehr finden. Das ganze Haus schien durch ein anderes, ebenso altes, ersetzt worden zu sein. Ratlos irrte ich durch die Innenstadt und fragte mich, ob der Laden samt dessen Inhaber vielleicht nur in meiner Einbildung existierte.

Auf dem Marktplatz hatte neuerdings eine »Wunderschau« ihr Zelt errichtet. Um auf andere Gedanken zu kommen, kaufte ich mir an der Kasse eine Eintrittskarte. Halbdunkel empfing mich in dem großen Zelt. Soviel ich sehen konnte, war ich der einzige Besucher. Gedränge vor den Ausstellungsstücken würde es also nicht geben. Erwartungsvoll begann ich meinen Rundgang. Nacheinander betrachtete ich Exponate wie eine *Lebende tierartige Frucht*, *Verrückt gewordene Stühle* und – in einem kleinen Extrakabinett – eine geisterhafte Erscheinung, die aussah wie die in einer Glasscheibe gespiegelte untere Hälfte eines Menschen. Dunkle Hosenbeine und schwarze Lederhalbschuhe standen mitten im Raum vor mir. Wenn ich darauf zuging, verkleinerte sich die Erscheinung, als ob sie sich entfernte. Zog ich mich zurück, wurde sie wieder größer.

Es folgte ein weiteres Separatkabinett. *Bitte einzeln eintreten* stand auf einem Schild über dem Eingang. Das Kabinett enthielt eine große Glasvitrine. Darin lag eine Mumie. Beim Näherkommen erschrak ich fast zu Tode und glaubte, eine Halluzination zu haben, denn die ungewöhnlich gut erhaltene Mumie sah aus wie ich. Fassungslos starrte ich meinen leblosen Doppelgänger an. ›Warum sieht das Ding ausgerechnet mir so ähnlich?‹ dachte ich. In heller Aufregung befragte ich die Frau, die in der Schau Aufsicht führte. Sie erklärte, es handle sich nun einmal um ein Wunder. Die Mumie besäße die Fähigkeit, ihren Betrachtern zu suggerieren, sie sähen das eigene Ebenbild in ihr. Deshalb sollten die Besucher auch einzeln das Kabinett betreten. Niemand wisse, wie dieser Effekt zustande komme.

Obwohl mich diese Auskunft nicht überzeugte, war ich doch überaus beeindruckt und gespannt, was noch käme. Um zu den folgenden Attraktionen zu gelangen, mußte ich durch einen dicken, schweren Vorhang schlüpfen – und fand mich draußen auf der Straße wieder. Direkt vor mir stand das Haus mit dem heruntergekommenen HiFi- und Fernsehtechnik-Geschäft, das ich vergebens gesucht hatte. Ich überlegte nicht, wie das möglich sein könnte, sondern wollte schnell hinein. Doch die Tür war verschlossen. Auf mein Klopfen reagierte niemand. Da trat durch den Vorhang hinter mir die Aufsicht aus der Wunderschau heraus. Sie fragte mich: »Möchten Sie den Laden von innen besichtigen?« Daß das Geschäft zur Ausstellung gehören sollte, verwunderte mich sehr, doch ich ging nicht darauf ein, sondern sagte lediglich: »Ich muß etwas mit dem Inhaber besprechen.« Die Frau lächelte nachsichtig und entgegnete: »Das wird wohl kaum möglich sein. Aber Sie haben Anspruch auf die Besichtigung sämtlicher Räumlichkeiten. Einschließlich der Szene im Hinterzimmer.«

»Was für eine Szene?«

»Kommen Sie«, sagte die Aufsicht. Sie schloß die Ladentür auf. Neugierig auf die angekündigte »Szene«, folgte ich ihr durch den Laden zum dahinterliegenden Bereich. Wo ich das Labor des Wissenschaftlers erwartet hatte, empfing mich nun jedoch ein breiter, langer Flur, an dem zahlreiche Zimmer gelegen waren. Die Frau führte mich in einen großen, dämmrigen Raum. Seine Einrichtung erinnerte an einen Fin-de-Siècle-Salon. An den Wänden hingen, üppig gerahmt, finstere Bilder. Ich vermochte nicht zu erkennen, was sie darstellten, fand sie aber unheimlich und bedrückend.

»Das hier kann doch wohl kaum das Hinterzimmer sein, von dem Sie sprachen?« fragte ich die Frau. Anstatt mir zu antworten, zischte sie: »Still! Passen Sie auf!«

Es betrat jemand das Nebenzimmer. Durch die halb geöffnete Verbindungstür beobachteten wir, wie eine Person, die eine gewisse Ähnlichkeit mit mir hatte, sich auf einem Sofa niederließ. Dann stülpte sie sich ein dunkles Gehäuse, das sie wer weiß woher nahm, über den Kopf und begann, verzweifelt zu jammern. Offenbar glaubte sie, allein zu sein. Wir vermieden jeden Laut. Verblüfft registrierte ich sodann, daß die ihr Schicksal be- und anklagende Person exakt dieselben Worte und Wendungen gebrauchte wie ich, wenn mich wegen jener lebenswichtigen Angelegenheit, die mich die Hilfe des Wissenschaftlers suchen ließ, der Kummer übermannte.

»Was ist das für ein Unglücksmensch?« fragte ich die Aufsicht. »Warum ist der mir auch so ähnlich?«

Die Frau fing an, von Verkörperung, Körperbild und Körperintegritätsidentität zu reden. Ihre fachmännischen Belehrungen mischten sich mit dem Lamento meines Doppelgängers, so daß ein widerwärtiges, an den Nerven zerrendes Durcheinander entstand.

»Ja, aber wieso?« begehrte ich zu wissen. »Wozu das alles?«

Die Aufsicht sah mich verwundert an und erwiderte: »Verzeihen Sie bitte, aber ich hatte größere mathematische Kenntnisse bei Ihnen vorausgesetzt.«

»Was hat das mit Mathematik zu tun?«

»Sehen Sie«, erklärte sie mir, »für jede Zahl steht eine kleine Zahl – die Zwei. Das ist Vergebung durch Arithmetik.«

Weit davon entfernt, den Sinn dieser Worte auch nur zu ahnen, rannte ich hinaus. Meine Absicht war, durch den Laden auf die Straße zurückzugelangen, doch fand ich mich stattdessen in einem leeren Zimmer wieder. Die Tür zum Treppenhaus stand offen, so daß ich Zeuge wurde, wie sich dort eine junge, elegant gekleidete Frau bemühte, einen anscheinend leblosen älteren Mann zum Hinterausgang des Hauses zu schleifen. Mir fiel sofort auf, daß diese junge Frau wie eine weibliche Version von mir aussah. Sie hätte meine Zwillingsschwester sein können. Infolge der Anstrengung, die ihr das Hinausschaffen des schweren Manns abverlangte, stöhnte und klagte sie fortwährend auf genau die gleiche Weise wie zuvor mein Doppelgänger, nur mit etwas höherer Stimme. Ich ging zu ihr und fragte höflich: »Kann ich Ihnen helfen?«

»Nein danke«, erwiderte sie, indem sie kurz aufsah, »ich muß das allein schaffen.«

Wenn es mich auch bekümmerte mitanzusehen, wie sie sich abmühte, hielt ich mich doch zurück, da sie es so wollte. Ich wartete, bis die Tür frei war, dann ging ich auch hinaus.

Große Überforderung

Seit meinem zwölften Lebensjahr war ich bei einem staatlichen Betrieb für digitale Realitätsumwidmung angestellt. Mein Gehalt war nie erhöht, sondern bei steigender Arbeitsbelastung ständig gekürzt worden. Mit Anfang Dreißig begann ich unter dem Eindruck der unbefriedigenden Entwicklung meiner Einkommensverhältnisse, eine Versorgungsehe mit einer wohlhabenden Frau anzustreben. Alles dazu Notwendige wurde über ein einschlägiges Institut abgewickelt. Es konnte schließlich die – in finanzieller Hinsicht – richtige Frau für mich gefunden werden. Weil es mir ausschließlich um ihr Geld ging, legte ich keinen Wert auf persönliches Kennenlernen, und so wurde die Ehe durch genanntes Institut auf digitalem Wege geschlossen. Ich wähnte mich am Ziel und bereitete die Kündigung meines Arbeitsverhältnisses vor. Da geschah etwas Folgenschweres. Durch einen Computerfehler war die Frau, mit der ich soeben vermählt worden war, erst zwei Jahre alt. Die Ehe wurde daraufhin annulliert – aus war es mit meiner Versorgung. Ich verklagte die Verursacher der Computerpanne auf Schadensersatz und unterlag. Also mußte ich weiterarbeiten. Den Mut, nochmals eine Versorgungsehe anzustreben, brachte ich nicht auf.

Zu jener Zeit verlangte die Regierung überraschend, daß landesweit an den Masten aller Fußgängerampeln in kindgerechter Bedienungshöhe elektronische Vorrichtungen installiert werden sollten, mit denen es möglich war, den Autoverkehr fernzusteuern und die Gedanken der Menschen aufzuzeichnen. Die Entwicklung dieser Vorrichtungen oblag der Abteilung, der ich angehörte. Niemand hatte eine Vorstellung, was nun zu tun sei. Meine Kolleginnen und Kollegen bemühten sich, die unmögliche Herausforderung auf mich abzuwälzen. »Das ist doch etwas für dich«, meinten alle. Die Abteilungsleiterin versuchte, mir einzureden, nur ich allein könne das von der Regierung Verlangte leisten. Das aber war purer Blödsinn, denn ich verstand absolut nichts von Elektronik. Niemand konnte dafür unzuständiger sein als ich. Als abhängig Beschäftigter hatte ich mich jedoch zu fügen. Bevor sie mich aus der Besprechung entließ, sagte die Abteilungsleiterin zu mir: »Betrachten Sie es als Chance für Ihr berufliches Vorankommen.« Man wies mir einen neuen Arbeitsplatz im abgelegensten Teil des Firmengebäudes zu und ließ mich mit meiner schier übermenschlichen Aufgabe allein.

Vermutlich stellte diese Aufgabe sogar für abgebrühte Elektronikspezialisten eine Herausforderung dar. Ich war damit jedenfalls so überfordert, daß ich, der ich als Einzelkind aufgewachsen war, eines Morgens eine Schwester hatte. Es handelte sich um eine streßbedingte Verdopplung zweiten Grades. Der erste Grad wäre ein identischer Doppelgänger gewesen. Meine Schwester sah mir nicht übermäßig ähnlich, insgesamt schien sie etwas stämmiger geraten als ich. Ihre Eigenschaften entsprachen mehr der mütterlichen Linie meiner Vorfahren. Es kann ein erwachsener Mensch aber nicht plötzlich Geschwister haben, ohne Aufsehen zu erregen. Die Behörden reagieren empfindlich auf so etwas, und als Betroffener ist man daher gut beraten, die Angelegenheit wenigstens unter Verschluß zu halten. Noch besser ist es, sie ungeschehen zu machen.

Das gedachte ich zu tun und schickte mich an, Korrekturen an der sogenannten Realität vorzunehmen. Doch leider hatte ich die Schwierigkeiten des Unterfangens etwas unterschätzt. Trotz größter Anstrengung gelang es mir nicht, die Schwester verschwinden zu lassen – nicht einmal, indem ich ihr das Nichtexistieren mit einem Lippenstift ins Gesicht zu schreiben versuchte. Das Vorhaben überforderte mich nicht weniger als die von der Regierung gewünschte Entwicklung besagter elektronischer Installation.

Deshalb ging ich nicht mehr zur Arbeit, sondern beschloß, mein Leben sei nun ein ganz anderes, nämlich eines, in dem ich ein minderjähriges Geschwisterpaar war. Wir neigten beide stark zum Photographieren. So entstanden im Laufe der Jahre viele Familienbilder, die meisten davon in unserer großen Wohnung im Stadtzentrum. Mein Bruder- und mein Schwester-Ich photographierten einander immer wieder, sogar beim Photographieren. Da es zahlreiche Aufnahmen gab, die uns beide gemeinsam zeigten, muß vermutet werden, daß ein weiteres Familienmitglied sie gemacht hatte. Wir hatten eine Mutter und eine mutmaßliche Großmutter, doch weder die eine noch die andere pflegte zu photographieren. Wie es sich mit einem Vater verhielt, weiß ich nicht. Gelegentlich war da ein Mann in Mutters Alter, doch der sah uns kaum ähnlich genug, um unser Vater zu sein. Gleichwohl konnte mein Schwester-Ich wenigstens seine Vierschrötigkeit geerbt haben. Der Mann hatte irgend etwas mit dem Reisebüro unter unserer Wohnung zu tun, vielleicht war er sogar der Inhaber. Wie es schien, unternahm er des öfteren gemeinsame Weltreisen mit Mutter. Von diesen Reisen gab es anschließend immer Erinnerungsphotos, die, laut Mutter, besagter Mann gemacht hatte. Er könnte also auch welche von uns Geschwistern gemacht haben. Ein einziges Mal nur ist dieser Mann selbst auf einem Bild zu sehen, zusammen mit meinem Bruder-Ich und einer großen Eisscholle, die beide hochhalten wie eine Anglertrophäe. Vermutlich hat mein Schwester-Ich das Photo gemacht. Näheres hierzu ist nicht überliefert.

Es war auf Dauer sehr anstrengend für mich, zur selben Zeit zwei Personen sein zu müssen, deshalb konzentrierte ich mich, wie ich gestehen muß, mehr darauf, die Schwester zu sein. Sie war von grüblerischem Wesen und zog stets ein mürrisches, wo nicht grimmiges Gesicht. Die meiste Zeit verbrachte sie lesend, schreibend und dem Leben Vorwürfe machend. Zudem litt sie unter der Angst, ein riesiger, in einer Gartenhütte nur unzureichend verwahrter Jungvogel aus einem ihrer Träume könne sie jederzeit fressen. Von daher war sie mir, das heißt meinem Wesenskern, bedeutend verwandter als der so offenkundig an Welt und Technik interessierte Bruder. Der reiste schon in jungen Jahren zur Frankfurter Automobilmesse, oblag dem Modellbau und besaß eine elektrische Eisenbahn – alles nichts für mich. Am ähnlichsten waren sich mein Schwester- und mein Bruder-Ich, wenn sie lesend nebeneinander am Wohnzimmertisch saßen. Beide beugten wir dann unsere bebrillten Gesichter über die Blätter der Journale. Durch einen strohhalmdünnen Schlauch tranken wir die Weisheit der Schrift, die sich nicht allein über die Augen erschloß. Welche Informationsmengen meinem zentralen Bewußtsein dadurch zugeführt wurden, kann sich niemand vorstellen. Früher oder später mußte die völlige Überlastung eintreten.

Zu der Zeit, als die Schwester zur Tanzschule und der Bruder zum Militärdienst sollten, war es endgültig soweit. Unausweichlich kam der Tag, an dem das Faß überlief. Mein Schwester-Ich schwang sich, immer vierschrötiger werdend, vor der Wohnzimmer-Schrankwand zu einer klumpigen Ekstase auf, und mein Bruder-Ich sprang bellend an die Decke. Das hätte jemand photographieren müssen!

Entweder unsere Mutter oder besagter Mann brachte uns zur Graafschen Heilanstalt. Diese Heilanstalt, die vielleicht gar keine war, sondern etwas Geheimes und Monströses, füllte die Etagen sämtlicher Häuser einer Straße in Bahnhofsnähe. Durch eine so einfache wie geniale Maßnahme, bei der eine kleine Gummipuppe zum Einsatz kam, konnten die Geschwister zum Abklingen gebracht werden. Was übrigblieb, war ein Strunk von einem Einzelbewußtsein, das sich gut zum Kuchenessen und Schlafen eignete. Nicht mehr arbeitsfähig, träumt es oft davon, die Geschwister wären gemeinsam alt geworden, und das Schwester-Ich bezöge eine üppige Rente, von der beide gut leben könnten.

Dichterlesung

An der Tür zum Mehrzwecksaal hing ein Blatt Papier, auf dem geschrieben stand: *Heute Dichterlesung.* »Um Himmels willen nur das nicht«, hätte ich fast laut ausgerufen. Ich bin, um eine Untertreibung zu gebrauchen, kein großer Freund von Dichterlesungen und wollte deshalb schnell zur Bar weitergehen, doch da fühlte ich mich von hinten grob in den überraschend dunklen Saal hineingestoßen. Beim Vorwärtstaumeln hatte ich den undeutlichen Eindruck, die Stuhlreihen seien allesamt voll besetzt. Mühsam tastete ich mich an den Reihen entlang und glaubte, auf den Stühlen lauter kopflose Figuren sitzen zu sehen. Endlich ganz vorn angelangt, zog mich jemand auf den freien Stuhl neben sich. Totenstill war es im Raum, niemand schien auch nur zu atmen. Auf der Bühne wurde plötzlich eine Lampe eingeschaltet und beleuchtete einen kleinen Tisch, hinter dem ein unscheinbarer Mann saß, vermutlich der Dichter. In meiner Erwartung, er werde nun mit seiner Lesung beginnen, sah ich mich getäuscht, denn stattdessen fing er an, hemmungslos Grimassen zu schneiden. Binnen kürzester Zeit nahmen dieselben eine furchtbare Qualität an – es konnte bald kein Zweifel mehr daran bestehen, daß der Mensch sich tatsächlich veränderte. Nach einigen grotesken Vorstufen hatte er einen Kopf aus Styropor. Zu allem Überfluß erhob er sich sodann vom Stuhl, um albern um den Tisch herumzutanzen. Dabei lachte er unbändig, und vor lauter Lachen trieb er absonderliche Körperformen aus, verzerrte Wülste, Verlängerungen und Verdickungen. Wenigstens las er nichts vor.

Protokoll

Gegen Morgen mit F. in einem Raum. Wir sitzen einander gegenüber am Gnadentisch (mit Gnadenzertifikat). F. erzählt, er vertrüge den Winter immer schlechter. Ich zeichne dabei etwas Rundes mit einem grauen Farbstift. Wie so oft verstehe ich akustisch und sinngemäß vieles nicht, was F. sagt. Irgendwann spricht er von einem Zwischenfall um fünf Uhr morgens, der mit einer Projektion von außen zu tun hatte. Mir fällt auf, daß die Bilder, die hinter F. an der Wand hängen, laufend wechseln, und frage ihn, ob das durch so eine Projektion von draußen (oder drinnen) bewirkt würde. F. antwortet, nein, es sei etwas »Moderneres«.

Mensch, Reh und Geschenk

Die Frage, ob der Mensch zuerst da war oder das Reh, kann und soll hier nicht beantwortet werden. Zudem muß wohl unentschieden bleiben, wer von beiden der Schlimmere ist. Zu groß sind die Gemeinsamkeiten, zu eng ist die Verbindung zwischen beiden. Gleichwohl gebietet es die wissenschaftliche Redlichkeit, genau hinzusehen und die Eigenarten von Mensch und Reh für kommende Generationen aufzuzeigen.

Beginnen wir mit dem Reh. Die Lebensweise des Rehs wird vor allem durch die Nahrung bedingt. Außer den Nutzpflanzen und dem Acker verzehrt das Reh fast alle Bäume und Sträucher, den Wald und das Gras. Dabei trägt es Verdauungswerkzeuge wie das Rind zur Schau und weist infolge seines schädlichen Verzehrs einen breit ovalen Körperumriß auf. Es kann die Größe eines Omnibusses erreichen. Oft fühlt es sich unbeobachtet, sein Kopf ist dann meist schnauzenartig vorgestreckt. Als Raubtier profitiert das Reh von seiner Gewandtheit im Schwimmen, seine Bewegungen auf dem Lande sind trotzdem nicht schwerfällig.

Und der Mensch? Was wäre über ihn zu sagen? Er ist kein echtes Wassertier, im Unterholz ist sein liebster Aufenthalt. Gemeinsam mit den Hühnern scharrt er dort, es ist ihm sein ein und alles. Wie das Reh benutzt er Schlamm und Lehm als Baumaterial für sein Nest. Da der Mensch als ein echtes Tier des Waldes etwa ein Drittel seines Lebens auf festem Boden zubringt, muß ihm das Baumleben Schutz bieten. Von Ast zu Ast führt sein Weg bis zur Grenze des ewigen Lebens. Wird er entdeckt, sucht er sein Heil im Wasser.

Der Mensch lebt wie das Reh, und beide wetteifern darin, möglichst großen Schaden anzurichten. Hier spielt das Zerfressen von allem und jedem eine entscheidende Rolle. Regelmäßige Untersuchungen in der Nähe von Tilsit haben ergeben: Die Gebisse von Reh und Mensch sind sehr ähnlich. Deshalb meidet der Mensch das Reh nicht, denn er ist entschlossen, gemeinsam mit letzterem die gesamte Welt, zuletzt auch einander und sich selbst, zugrunde zu richten und restlos zu verzehren. In Verfolgung dieses sehr großen Ziels ist das Reh der unentbehrliche Gehilfe des Menschen, sein bester Freund selbst nach dem Tode.

Fast noch wichtiger als alles vorgenannte ist dem Menschen aber richtiges Schenken mit Taktgefühl. Geschenke sollen nach seiner Vorstellung möglichst den geheimen Wünschen nahekommen, aber auch trockene tierische Produkte sind heute bei vielen beliebt. Als Faustregel gilt: Kinder und Rehe vergessen durchschnittlich zehn von zwölf Wünschen, und bedrückende Geschenke sind sofort zu vernichten. Forscher wie Wissenschaftler in aller Welt sind sich inzwischen einig darin, daß Schenken überfordert. Es sei, heißt es, eine schöne Regung, der man nicht nachgeben dürfe. Daher müsse man sich fragen: Will ich überhaupt schenken? Nicht selten würde man doch lieber selbst Geschenke annehmen. Menschen und Rehe haben es schwer mit dem gegenseitigen Beschenken. Als Mensch sollte man es aus diesem Grund unbedingt vermeiden. Ein Reh würde niemals etwas schenken.

Auf nach Norden

»Auf nach Norden!« rief ich und brach noch vor dem Frühstück auf. Ohne Sinn für Landschaft oder Bevölkerung schnitt ich mir meinen Pfad durch den Raum. Der tief verschneite Weg in den Norden war weit. Um die Reisekosten erschwingen zu können, verdingte ich mich bei einem Wander-Menagerie-Unternehmen, dessen Hauptattraktion »Der Affe, der das Nichts erfunden hat« war. Es war eine angenehme Zeit. Doch eines Tages, als ich genug Geld verdient hatte, nahm ich meinen Abschied. Im nächsten Moment war ich schon wieder auf der Straße unterwegs. Als ich mit ihr fertig war, sah die Straße aus wie nach starkem Frost. Wenigstens brachte mich dieses starke Unterwegssein aber voran. Abgesehen von einem knappen Jahr, das mich als Hoteldirektor in einem Gebirgsdorf sah, reiste ich ohne anzuhalten. Ich drang immer weiter nach Norden vor, was ich an der rapiden Zunahme der Fleischfabriken deutlich erkennen konnte. Einen großen Teil meines Geldes gab ich instinktiv für Fleischkonserven aus, verzehrte dieselben aber nicht, sondern schleppte sie in einem immer größer werdenden Koffer mit. Das blieb den Agenten der Fleischfabriken nicht verborgen. Mir wurden mehrere Angebote gemacht, leitende Positionen in konkurrierenden Betrieben zu übernehmen.

(Manuskript bricht ab)

Über das Errichten von Bauwerken

Bauwerk – das klingt für ungeübte Ohren ähnlich wie »Bahnhof«, und tatsächlich sind, wie wir uns sagen lassen müssen, Bahnhöfe auch Bauwerke. In letzter Zeit hat man viel von Schwierigkeiten mit Bahnhofsneubauten gehört, bleiben wir also bei diesem Beispiel. Da beim Bau von Stadthäusern immer wieder kleine Teile übrigbleiben (vor allem, wenn die Architekten und Bauherren eigene Gedanken in die Bauten »hineinarbeiten«), hat sich eines Tages genügend Material angesammelt, um etwa einen Bahnhof mit Schornstein zu errichten. Ebenso kann man das betreffende Bauwerk natürlich auch als Klinik, Botschaftsgebäude, ja, sogar als Museum oder Konzerthaus verwenden. Der Schornstein muß allerdings an der Innenseite schwarz gefärbt werden.

Bei den Ausschachtungsarbeiten findet sich meist im Erdreich das gesamte notwendige »Baumaterial«. Nach sorgfältiger Reinigung wird alles nach einem »Bauplan« zusammengefügt, und binnen einiger Jahre entsteht, was man dann zum Beispiel »Südbahnhof« nennt.

Die wartende Dame

Ich begegnete einer älteren Frau mit strohblonden, gewellten Haaren. Sie trug, von oben nach unten, eine Brille, ein kurzärmliges, in Blautönen gehaltenes Kleid und weiße Schuhe. An ihrer linken Hand hing eine helle, beutelartige Handtasche. Neben und über ihr schwebten große, dunkle Fische in der Luft. Ich dachte zuerst, sie sei einer der Dämonen, die in letzter Zeit gehäuft aufzutreten pflegten, um Menschen irre zu machen. Dann sah ich jedoch, daß sie nicht, wie jene Dämonen, zwei linke Ohren hatte. Die Frau sagte zu mir: »Ich bin die wartende Dame.«

»Warten Sie auf mich?« fragte ich.

Sie aber verneinte. Erleichtert ging ich weiter.

Wolkenbruchartiger Kampf

Der Rennwagen landete im Laufe der nächsten Stunden tausendfach im Bootshaus, wie ohne Übertreibung gesagt werden kann. Entlang der Rennstrecke waren fünf Reporter aufgestellt. Die Kabel ihrer Mikrophone konnte niemand entwirren.

Der gefährlichste Rennfahrer wurde immer wieder verschwägert.

Vorbereitung des Eingriffs

Ein paar Tage vor der Operation hatte ich eine Besprechung mit dem Chefarzt. Er schenkte uns Rotwein ein und sprach: »Der an Ihnen vorzunehmende Eingriff wird drei Stunden dauern, doch es wird sich lohnen. Wir müssen aber noch den Anästhesisten hinzuziehen. Ich glaube, so ist es üblich.«

Er zeigte mir ein Porträt des Anästhesisten, von unbeholfener Hand auf einen Karton gemalt. Der Dargestellte sah aus wie ein Prophet des Jüngsten Gerichts mit Strumpfbrille.

»Gomregler heißt der Mann, und er hat das Betäubungshandwerk gelernt«, erklärte mir der Chefarzt. Ich wandte ein: »Gomregler heißt kein Mensch.« – »Und Glemmer?« – »Ja«, gab ich zu, »das wäre möglich.«

Der Chefarzt war noch lange nicht zu alt zum Telephonieren und schrie in den Hörer: »Schicken Sie mir Glemmer! Sofort! Er soll Betäubungsgerät mitbringen!«

Um uns die Zeit zu vertreiben, demonstrierte der Chefarzt die ärztlichen Kunstfehler, die in meinem speziellen Fall vermieden werden mußten. Nach einer Dreiviertelstunde fielen ihm keine mehr ein.

»Was aber«, fragte ich, »wenn der Mensch eine Scheibe wäre?«

Darauf erhielt ich außer einem mißbilligenden Blick keine Antwort. Als nächstes kamen die Organe an die Reihe. »Fassungslos stehen wir vor dem System der Organe«, dozierte der Chefarzt mit Leidenschaft, »Organe! Lappen, Klumpen, Schläuche, wüstes

Zeug. ›Wer hat sich das nur ausgedacht?‹ rufen wir in unserer Verstandesnot, schlagen uns an die Stirnen und stampfen mit den Füßen auf, während wir im Raum umherirren gleich betäubten Personen. – Bitte nennen Sie berühmte betäubte Personen, die Sie kennen!«

Ich erschrak – darauf war ich nicht vorbereitet, beim besten Willen wußte ich so plötzlich keine namhaft zu machen. Die Worte »betäubte Personen« riefen mir lediglich wieder ins Gedächtnis, daß wir auf den Anästhesisten Glemmer warteten. Da betrat derselbe endlich den Raum, ein Köfferchen tragend. Seine Ähnlichkeit mit dem Porträtgemälde reichte für eine Identifizierung aus. Schnell war ein drittes Glas mit Wein gefüllt, und wir stießen auf das Gelingen meiner Operation an. Der Anästhesist entnahm seinem Köfferchen etwas, worauf *Betäubungsgerät* stand, dann tat er, als wolle er damit den Chefarzt und mich narkotisieren. Laut kreischend flohen wir quer durchs Zimmer, die Wände hinauf und über die Decke. Vermutlich machte der Mann nur Spaß, doch wollten wir es lieber nicht darauf ankommen lassen. Es entstand ein ziemlicher Tumult, und wir bekamen rote Wangen von der vielen Bewegung (der Wein tat ein übriges). Dieser eher spielerische Umgang mit der Materie nahm mir zwar einen Teil der Angst vor Narkose und Operation, zuletzt entschied ich mich vorsichtshalber aber doch für eine Spontanheilung ohne medizinische Maßnahmen. Ich habe es nie bereut.

Etwas Bewegliches mit eigenen Interessen

In der Nacht zum Zweiundzwanzigsten kam der Funkspruch: »Wir haben hier etwas Bewegliches, das eigenen Interessen folgt.«

»Geh doch mal rüber und sieh nach«, trugen meine Kollegen mir auf. Sie waren der Ansicht, daß ich viel Bewegung brauchte, daher wurde ich dauernd überall hin geschickt, obwohl ich nie in der Lage war, an meinen Bestimmungsorten etwas Effektives auszurichten. Das nahm man aber in Kauf, weil alle anderen zu faul zum Laufen waren. Also ging ich »rüber«, was nichts Geringeres bedeutete, als mitten in der Nacht von einer Insel zur nächsten überzusetzen.

Als ich anlegte, wurde soeben das Nachtlicht ausgeschaltet. Die nun herrschende völlige Dunkelheit erschwerte mir das Auffinden des Ortes, an dem ich »nachsehen« sollte. Es mußte ein Gebäude sein, in dem wahrscheinlich eine wissenschaftliche Einrichtung oder etwas ähnliches untergebracht war. Meine Berufstätigkeit hatte, wie ich vermutete, auf irgendeine Weise mit Forschung zu tun, allerdings war mir nie etwas Genaueres darüber mitgeteilt worden. Über solche Dinge sprachen meine Kollegen nicht. Tatsächlich stieß ich wenig später auf ein Gebäude. Es war sogar das richtige. In der beleuchteten Empfangshalle wurde ich schon von Menschen in grauen Kitteln erwartet. Ich hatte das Gefühl, sie irgendwoher zu kennen. Vielleicht war ich früher schon einmal bei ihnen gewesen, erinnern konnte ich mich jedoch nicht daran. Um meine Unsicherheit zu überspielen, fragte ich sogleich streng: »Wo ist es, dieses Bewegliche, das eigenen Interessen folgt?«

»Es ist in den Wänden.«

»Und in den Dingen.«

»Es ist überall.«

»Kann ich es einmal sehen?«

»Nein.«

Ich fragte weiter: »Können Sie mir etwas über die ›eigenen Interessen‹ sagen, denen dieses Bewegliche folgt?«

Ich erfuhr lediglich, daß darüber noch keine Forschungsergebnisse vorlagen. Das brachte mich in der Sache nicht weiter. Mißmut befiel mich. In der Zeit, die ich nun hier verschwendete, hätte ich meinen eigenen Interessen nachgehen können, von denen mein stärkstes dem Schlafen galt. Schlaf hielt ich für das mit Abstand Beste im Leben, gleichwohl empfand ich den rätselhaften Zustand als Schwerstarbeit. Viele Menschen hatte ich sogar sagen hören, der Schlaf wolle die Schlafenden grundsätzlich töten. Es hieß, daß dort, wohin das Bewußtsein im Schlaf gelangt, Schläfer unerwünscht seien. Trotzdem ließ ich mir das Übernachtungszimmer für Besucher zeigen, zog mich aus und kroch unter die Bettdecke.

›Wie gut, daß man sich nicht allnächtlich mit Nadel und Faden ins Bettzeug einnähen muß‹, dachte ich.

Es dauerte nicht lange, bis ich einschlief. Genau in diesem Moment wurde ich des Umstands inne, daß ich nicht allein im Bett war. Da war etwas Bewegliches, und es folgte eigenen Interessen.

Karambolage

Ein sehr großer Mann von bürgerlich distinguiertem Aussehen steigt in die Straßenbahn und setzt sich auf einen der wenigen freien Plätze im hinteren Teil des Wagens. Kurz vor der übernächsten Haltestelle beginnt der Mann plötzlich zu stöhnen und legt sich der Länge nach in den Gang zwischen den Sitzreihen. Den befremdeten Mitpassagieren erklärt er: »Gleich gibt es eine Karambolage.« Im nächsten Moment kracht es, und ein Ruck geht durch die Bahn, die nach einer Vollbremsung unsanft zum Stehen kommt. Es hat tatsächlich einen Zusammenstoß mit einem Lieferwagen gegeben. Schwerelosigkeit ist die Folge, alle möglichen Gegenstände, auch Tiere und Menschen, schweben durch die Luft. Der Fahrer legt an seiner Konsole einen Hebel um, wodurch die Schwerelosigkeit augenblicklich aufgehoben wird. Der prophetische Mann steht auf und klopft sich den Staub von der Kleidung. »Steigen Sie gefälligst aus«, verlangt eine resolute ältere Dame von ihm, »Sie bringen Unglück!« Bevor der Beschuldigte vorbringen kann, wie sich alles verhält und woher er im voraus von dem Zusammenstoß wußte, stellt er fest, daß er bei diesem in zwei Teile zerbrochen ist. Nun muß er sowieso aussteigen und sich zusammenkleben lassen. Ein zufällig anwesender Geistlicher fragt ihn: »Soll ich den Allmächtigen fragen, ob er etwas für Sie tun kann?«

»Danke«, erwidert der Angesprochene, »bemühen Sie sich nicht.« Der Fahrer öffnet mittels der Fernsteuerung die Tür, und beide Teile des Manns hüpfen hinaus. Er hat Glück, bis zur nächsten Klebestelle ist es nicht weit.

Nächtlicher Heimweg

An einem Sonntagmorgen kam ich wieder einmal mit der letzten S-Bahn aus dem Stadtzentrum zurück. Wie üblich absolvierte ich den Rest des Heimwegs zu Fuß, da ich mir kein Taxi leisten konnte. Bis zu meiner Wohnung brauchte ich etwa eine Viertelstunde, und der kürzeste Weg war der durch eine heruntergekommene, um diese Zeit völlig ausgestorbene Straße. Die Beleuchtung ließ zu wünschen übrig, an einigen Stellen war es sogar ganz finster. Wäre ich nüchtern gewesen, hätte ich wahrscheinlich eine sicherer wirkende, dafür etwas längere Strecke bevorzugt. Doch ich war nicht nüchtern und infolgedessen auch nicht ängstlich.

Als ich eben die einzige intakte Straßenlaterne weit und breit passiert hatte, kamen zehn Meter vor mir zwei Personen aus einem sehr alten, abbruchreifen Mehrfamilienhaus. Sie gingen in dieselbe Richtung wie ich und schienen von mir keine Notiz zu nehmen. Auf den ersten Blick fand ich, daß die beiden mir auffallend ähnlich sahen. Den Eindruck, mich selbst in doppelter Ausführung zu sehen, hatte ich allerdings nicht. Vielmehr fragte ich mich, wie zwei Fremde dazu kamen, solche Ähnlichkeit mit mir zu haben. Ich war neugierig, wohin sie gehen würden.

Etwa zwanzig Meter weiter wandten sie sich dem Eingang eines der wenigen gepflegten Häuser in der Straße zu, stiegen die Stufen zur Haustür empor und verschwanden. Es war mir nicht möglich, jetzt einfach weiterzugehen. Ich mußte wissen, was es mit den zweien auf sich hatte.

Die Tür gab dem Druck meiner Hand nach. Gedämpftes Licht

empfing mich, und ich trat vorsichtig ein. Wie ich überrascht erkannte, hatte ich aber kein Treppenhaus vor mir, sondern eine leere Halle, die das gesamte Gebäude bis unters Dach einnahm. Wie in einem Schwimmbad bestand fast die gesamte Bodenfläche aus einem Wasserbassin. Ich stand kaum drei Meter vom Beckenrand entfernt. Näher herantretend, gewann ich den schwindelerregenden Eindruck, gut zwei Stockwerke unter mir dehne sich eine trübe Wasserfläche aus. Erschrocken wich ich einen Schritt zurück. Die Personen, die ich verfolgte, weil sie mir so ähnlich sahen, waren nirgendwo zu entdecken. Wahrscheinlich hatten sie die Halle durch die schlichte Tür in der Wand links von mir verlassen. Die Tür war nicht vollständig geschlossen und zitterte noch. Es mußte sie also kurz zuvor jemand bewegt haben. In dem Raum dahinter schien jemand einen Vortrag zu halten. Ich hörte eine leise Stimme, vermochte aber weder zu erkennen, ob es sich um eine weibliche oder eine männliche handelte, noch was sie redete.

Vorsichtig spähte ich durch den Türspalt. Was ich sah, erinnerte an ein altertümliches Kirchenschiff. Das Licht wirkte mehlig-trüb. In den Bankreihen saßen Dutzende von Menschen, die alle aussahen wie ich. Wenn man von etwas Derartigem hört oder liest, mag man es vielleicht zum Lachen finden, wird man jedoch selbst direkt damit konfrontiert, stellt sich eine ganz andere Reaktion ein. Angst und Schrecken befielen mich. In meinem Kopf entstand ein widerliches Gefühl, das sich schnell in meinem gesamten Körper ausbreitete. Ich starrte auf die unheimliche Versammlung von Kopien meiner selbst und fürchtete um meinen Verstand. Dabei unterdrückte ich jeden Laut, weil ich nicht bemerkt werden wollte. Mein einziger Gedanke war: ›Nur fort von hier!‹ Ich wollte sofort zurück auf die Straße, um so schnell wie möglich nach Hause zu laufen. Doch es fiel mir schwer, auch nur die Augen abzuwenden. Da hörte ich hinter mir eine Frauenstimme sagen: »Eine gewisse Leichtigkeit wird benötigt.« Ich fuhr herum.

Die Sprecherin dieser Worte war eine ältere Frau, gekleidet wie eine Stewardess aus den 1960er Jahren. Kaum hatte sie ihre Äußerung getan, als jenseits der Tür Schweigen eintrat. Sämtliche durch den Spalt sichtbaren Insassen blickten in meine Richtung. Die Frau fragte mich: »Möchten Sie Ihre Persönlichkeit solange ablegen?«

Ohne etwas zu antworten, lief ich an ihr vorbei zur Haustür. Einen Augenblick lang befürchtete ich, letztere könne inzwischen abgeschlossen sein, aber das war sie nicht. Ich riß sie ungehindert auf, prallte jedoch zurück bei dem Anblick, der sich mir bot. Bürgersteig und Straße quollen über von Menschen. Schweigend bewegten sie sich in die Richtung, in die auch ich wollte. Und alle sahen aus wie ich.

Im Regen

Es regnete, und die abschüssige Straße lag unter einer flachen Schicht fließenden Wassers. Die Natur hat es so eingerichtet, daß Wasser immer eine exakt waagerechte Oberfläche haben will, dazu aber eine natürliche oder künstliche Einfassung benötigt. Gibt es eine solche nicht, ist das Wasser hemmungslos der Wirkung der sogenannten Schwerkraft unterworfen. In jedem Fall fließt es daher von oben nach unten. So verhielt es sich auch auf dem parallel zur Straße verlaufenden, mit Betonplatten ausgelegten Gehweg. Dank des dichten Schuhwerks, das ich trug, blieben meine Füße trocken. Das war ein relativer Triumph des Menschen über die Naturgewalten, doch schon um Feuer abzuhalten, wären dieselben Schuhe nicht von Nutzen gewesen. Gegen das von oben herabfallende Wasser hielt ich einen aufgespannten Schirm über mich, zweifellos eine der sinnreichsten Errungenschaften der menschlichen Zivilisation. Ich ging und hatte Sinneseindrücke. Zur selben Zeit dachte ich auch etwas. Was ich dachte, habe ich nach der langen Zeit, die inzwischen vergangen ist, vergessen. Möglicherweise ist es irgendwo in meinem Gehirn gespeichert und kann mittels einer entsprechenden Technik abgerufen werden. Meiner Meinung nach wurden diese alten Gedächtnisinhalte aber längst gelöscht. Etwa so, wie die Erinnerung an alles, was ich im Schlaf träume, durch den Vorgang des Aufwachens neutralisiert wird. Was ich hingegen noch weiß, ist, daß mir ein lächerliches Hundegespann begegnete. Sehr kleine, albern zurechtgemachte Hunde zogen ohne jede Mühe ein großes, dem Anschein nach schweres

Gefährt. Sie taten es mit einem Ernst, den ich ihnen wegen ihres die Würdelosigkeit streifenden Aufzugs kaum zugetraut hätte. Wenn ich jetzt daran denke, bemerke ich, daß ich nicht imstande bin zu definieren, wie die kleinen Hunde exakt aussahen und worin die Lächerlichkeit ihres Anblicks bestand. Ich wurde abgelenkt, weil eine Person, die vermutlich zu den Hunden gehörte, mit einem gläsernen Gegenstand, vielleicht einer optischen Linse, den Gesetzen der Physik zuwiderlaufende Bewegungen in der Luft ausführte. Manche wirkten wie in Zeitlupe abgespielte Filmaufnahmen. Wäre es möglich gewesen, hätte man bestimmt sehen können, wie der Person das Blut rückwärts durch die Adern strömte. Zu meiner Überraschung überreichte sie mir sodann eine Kugel von der Größe eines Golfballs und erklärte, dieselbe solle »meine Welt verbessern«. Ich bedankte mich, steckte die Kugel in meine Jackentasche und setzte meinen Heimweg durch das herunterfallende Wasser fort. Die Strecke zwischen mir und meinem Ziel lag schließlich komplett hinter mir. Dann hörte der Regen mit großer Gründlichkeit auf, sogar mein Schirm war fort.

Eine Erbschaft

Es war jemand gestorben und hatte mir testamentarisch eine Fabrik in einem abgelegenen Landstrich vermacht. Weshalb ich als Erbe eingesetzt worden war, konnte ich nicht in Erfahrung bringen. Ich hoffte, die Fabrik werde künftig auf die eine oder andere Weise dazu beitragen, meine finanzielle Lage zu verbessern, und konnte es kaum erwarten, sie zu inspizieren.

Die Autofahrt dauerte vier Stunden. Am Nachmittag kam ich an. Die Fabrik stand am Rand einer kleinen Stadt. Schon von weitem war ihr anzusehen, daß sie ihre Blütezeit hinter sich hatte. Das Gebäude machte einen stark heruntergekommenen Eindruck, es war bestimmt schon lange nichts mehr darin produziert worden. Durch eine offene Tür auf der Rückseite trat ich ein. Vor mir lag ein verwüsteter Flur mit nur noch zum Teil vorhandenen Bürotüren, der Boden war mit Glassplittern und Schrott übersät. Alles, woran ich vorbei kam, lag in Trümmern und war verschimmelt. Mitten in der Fertigungshalle, zwischen eingestürzten Mauern, breitete sich ein See aus. Es stank nach Moder und Verwesung. Und dafür war ich stundenlang gefahren! Von der ebenso langen Rückfahrt, die mir bevorstand, ganz zu schweigen. Dieses Erbe wollte ich selbstverständlich ausschlagen. Ich fror und wollte unbedingt wieder zurück ins Sonnenlicht. Als ich durch den desolaten Flur zurück zum Ausgang eilte, öffnete sich plötzlich eine der verschmutzten Türen. Vor Schreck blieb ich wie gelähmt stehen.

»Möchten Sie hereinkommen und sich setzen?« fragte mit sanfter Stimme ein ganz und gar harmlos aussehender älterer Herr in leicht schäbiger Kleidung. Der Eindruck, den er erweckte, beruhigte mich etwas, trotzdem war mir die Situation alles andere als geheuer.

»Nein, ich muß jetzt gehen«, gab ich so selbstsicher wie möglich zurück.

»Es hat eigentlich auch keinen Sinn, sich zu setzen«, ließ sich der Mann wieder unvermindert sanft hören und fuhr dann fort: »Kommen Sie bitte, ich möchte Ihnen etwas zeigen.«

Was sollte ich jetzt tun? Wegrennen oder mitgehen? Ich zögerte. Der freundliche ältere Herr sprach indessen weiter: »Es steht in direktem Zusammenhang mit dem Zustand dieser Fabrik. Sie werden dann vieles besser verstehen.«

Meine Neugier siegte über meine Angst, und ich folgte ihm langsam in den Raum, aus dem er gekommen war. Um nicht allzu willfährig zu erscheinen, erkundigte ich mich: »Darf ich fragen, wer Sie sind?«

Der wunderliche Mensch sah mich erstaunt an und antwortete in einem Tonfall, der erkennen ließ, wie unqualifiziert er meine Frage fand: »Der Prokurist der Firma!«

Das ehemalige Büro, das wir nun betreten hatten, wies einen deutlich niedrigeren Grad des Verfalls auf, gleichwohl schien es mir ausgeschlossen, daß hier noch gearbeitet wurde. Ich war gespannt, was der angebliche Prokurist mir zeigen wollte.

»Sie dürfen allerdings nicht zu lange bleiben«, begann er, »es ist noch immer wirksam.«

»Was ist noch immer wirksam?« fragte ich überrascht.

Er erklärte mir: »Ursache und Ausgangspunkt des Ganzen sind die beiden Bücher da drüben. Das konnte zuverlässig festgestellt werden. Halt, gehen Sie nicht näher heran!«

Indem er mir mit ausgestrecktem Arm den Weg versperrte,

zeigte er auf zwei dicke alte Scharteken in einem Regal oder auf der Fensterbank, ich weiß es nicht mehr genau. Aus der Entfernung konnte ich erkennen, daß es sich bei dem einen um einen sehr alten medizinischen Ratgeber handelte und bei dem anderen um eine noch ältere, pechschwarze Bibel, von deren Goldlettern auf dem Rücken nur noch Spuren übrig waren. Ich begriff überhaupt nichts.

»Sie dürften nicht auf diese Weise nebeneinander stehen. Aber nun kann man es nicht mehr ändern. Es wäre lebensgefährlich«, sagte der Mann, seine Stimme klang resigniert.

»Gehen Sie jetzt lieber«, riet er mir, »sonst kann ich für nichts garantieren!«

Mit dem Gefühl, daß er wahrscheinlich nicht übertrieb, verließ ich ihn wortlos.

Der verpuppte Schrecken der Mensurlinie

Wenn ich auch dazu neige, alles falsch zu verstehen, habe ich doch klar und deutlich gehört, was die Person aus dem Fenster im vierten Stock gerufen hat. Bei der Harfe meiner Großväter schwöre ich, daß ihre Worte waren: »Der verpuppte Schrecken der Mensurlinie überschattet Generationen!«

Ich begab mich zur örtlichen Polizeiwache, um das Gehörte zu melden. Unterwegs alterte mein Gedächtnis in Würde. Auf der Polizeiwache, die ich trotzdem fand (vielleicht war es aber auch die Lottoannahmestelle), berichtete ich dann von einem Auftreten fremder Männer mit Mangoldgesichtern. Die Person, die meine Aussage zu Protokoll nahm, fragte, ob ich über irgendwelche Beweise verfüge.

»Natürlich«, erwiderte ich und legte einige photokopierte Collagen vor, die offenbar aus dem bekannten Zyklus *Die gespenstische Schwäche des Schwimmers* stammten.

»Was soll das sein?« fragte die Person (der Polizeibeamte?). Erstaunt über eine so dumme Frage gab ich zur Antwort: »Beweisphotos.«

»Haben Sie diese Aufnahmen gemacht?«

»Ja.«

Der Beamte widersprach: »Die sehen aber nicht aus wie Photos.«

»Ich habe auch keine Kamera benutzt«, erklärte ich.

Mit nachdenklichem Gesichtsausdruck schaute der Polizist (die Person?) die Bilder an. Dann sprach er (sie?): »Uns liegt zudem der Bericht über einen sehr großen Mann vor, der in der Luft schwebt und seine Größe verändern kann. Wie es heißt, rotiert vor seinen gespitzten Lippen ständig ein Ring aus Wasser. Anderen Quellen zufolge taumelt ihm am Mund ein goldener Lappen. Ihm soll die Wichtigkeit seiner Mission anzusehen sein. Wissen Sie Näheres über diesen Mann?«

Ich konnte lediglich eine Vermutung äußern: »Vielleicht steht er – wie auch die Männer mit den Mangoldgesichtern – in irgendeiner Verbindung mit diesen Dämonen, von denen in letzter Zeit so viel zu hören ist?«

Die Person, die im folgenden »der Beamte« genannt werden soll, nickte beifällig. »Ja«, sagte der Beamte, »das ist sehr gut möglich. Auch würde es gut dazu passen, daß diese Dämonen angeblich aus alten Photographien herauskommen.«

»Es heißt weiterhin, sie hätten zwei linke Ohren«, wandte ich ein. Damit brachte ich mein Gegenüber auf eine Idee. Mit gefurchter Stirn fragte mich der Beamte: »Haben *Sie* vielleicht zwei linke Ohren?« Jäh begriff ich, daß auch mein notorisches Falschverstehen dämonischen Ursprungs sein konnte. Es zeigte sich jedoch, daß die Anordnung meiner Ohren vorschriftsmäßig war.

Beruhigt raffte ich meine Kopien zusammen und verließ die Apotheke. Auf dem Heimweg durch die verwüstete Innenstadt hörte ich hoch über mir eine Stimme rufen: »Der verpuppte Schrecken der Mensurlinie überschattet Generationen!«

Verstörende Entdeckung

Es gibt nur wenige Gründe für mich, das Haus zu verlassen. Einer davon ist das Hinausschaffen der Küchenabfälle. Dazu muß ich Straßenschuhe und gegebenenfalls etwas Ausgehtaugliches anziehen, denn es handelt sich um einen öffentlichen Auftritt. Nachbarn und Passanten können mich auf dem Weg zur Mülltonne und zurück sehen. Gern unternehme ich solche Ausflüge nicht, doch hat man ja keine Wahl, wenn man es ablehnt, in einer stinkenden, von kleinen und großen Fliegen bevölkerten Wohnung zu leben.

Im Sommer des vorigen Jahres ereignete sich bei einem meiner Entsorgungsgänge etwas Verstörendes. Um einen prall gefüllten Abfallbeutel in den hohen dunkelgrauen Behälter zu werfen, klappte ich dessen Deckel auf und erschrak fast zu Tode. Auf dem sich schon fast bis zum Rand auftürmenden Müll lag etwas, das ich im ersten Moment für einen toten Säugling hielt. Man hört und liest ja laufend Berichte über solche furchtbaren Vorkommnisse. Befremdlicherweise trug das, was da vor mir lag, aber maßstabgerechte – wenn auch etwas fremdartige – Erwachsenenkleidung. Und tatsächlich: Bei genauerem Hinsehen erkannte ich dann, daß es sich durchaus nicht um einen Säugling handelte, sondern um einen sehr kleinen Mann von etwa fünfzig bis sechzig Jahren. Offensichtlich war er tot. Eine Verletzung war nicht an ihm zu sehen. Ich fragte mich, wie es ein Wesen wie ihn überhaupt geben konnte. Wie um alles in der Welt war er gerade in *meine* Mülltonne geraten? Und was war nun zu tun? Mir fiel beim besten Willen nicht ein, welche Maßnahmen ein vernünftiger Mensch in dieser Situation ergreifen würde. Vielleicht mußte ich die Polizei verständigen, aber in eine dermaßen unmögliche Angelegenheit wollte ich keinesfalls hineingezogen werden. Ein solcher Leichenfund würde selbstverständlich enormes Aufsehen erregen. Deshalb war zu erwarten, daß den Behörden um jeden Preis an Geheimhaltung gelegen sein würde. Für einen Augenzeugen konnte es bestimmt überaus gefährlich werden. Ausgerechnet mir, der ich an nichts mehr interessiert war, als mich vor der Welt zu verstecken, mußte so etwas passieren! Rein theoretisch konnten in den Mülltonnen der anderen Mieter ebenfalls tote Zwerge liegen, doch ich verzichtete lieber darauf, mich diesbezüglich zu vergewissern. Es galt, die Ruhe zu bewahren und strikt alles zu vermeiden, was auffällig wirkte. Also klappte ich den Deckel wieder zu und trug die Küchenabfälle in meine Wohnung zurück.

Die turnusmäßige Leerung der Mülltonnen am nächsten Tag verlief ohne Zwischenfälle. Seither ist alles wieder wie früher, doch der Anblick der puppengroßen Leiche verfolgt mich. Ich kann den Gedanken nicht abschütteln, ihre Entdeckung werde früher oder später noch Folgen für mich oder für uns alle haben.

Meine Schuhe

Ich war auf einem alten Campingliegestuhl in einer Abstellkammer erwacht anstatt in dem vor ein paar Stunden aufgesuchten Hotelbett. Auch außerhalb der Abstellkammer erinnerte nichts an das Hotel, in dem ich während meines geschäftlich bedingten Aufenthalts in der Fremde abgestiegen war. Es gab nur eine einzige Etage, keine Spur mehr von der Rezeption, vom Treppenhaus oder dem Aufzug. Den größten Teil der Etage beanspruchte ein nicht eben professionell wirkender Ausstellungsraum. An allen Wänden hingen die schrecklichsten Bilder und Gegenstände. Weiter gab es nur eine winzige Küche, eine Toilette und einen Raum, auf dessen Tür ein Schild mit der Aufschrift *Büro* klebte. Aus dem Hotel war über Nacht so etwas wie eine ganz elende Kunstgalerie geworden. Und als wäre das nicht schon schlimm genug gewesen, konnte ich obendrein nirgendwo meine Schuhe finden. Ich spürte, daß meine Jacke die Antworten auf die Fragen kannte, die sich durch all diese Veränderungen für mich ergaben, jedoch ohne meine Schuhe verstand ich meine Jacke nicht. Außerdem war ich ohne Schuhe nicht in der Lage, das Haus zu verlassen.

Ich hoffte, in dem als Büro gekennzeichneten Raum könne mir geholfen werden. Auf mein Klopfen wurde nicht geantwortet. Trotzdem öffnete ich die Tür und sah hinein. Der Raum konnte nur als unordentlich bezeichnet werden, und die ältere, korpulente Frau, die darin an einem Schreibtisch saß, war unfreundlich. »Was wollen Sie?« fuhr sie mich an. Weil ich kalte Füße hatte, begann ich mit dem Thema meiner unauffindbaren Schuhe.

»Nein, ich weiß nicht, wo Ihre Schuhe sind«, sagte die Frau ohne jedes Bedauern. »Sie müssen besser auf Ihre Sachen aufpassen.«

»Aber es ist doch nicht meine Schuld, wenn sich hier plötzlich alles total verändert!« rief ich anklagend. Davon wollte die Frau nichts hören. Sie behauptete: »Hier hat sich nichts verändert.«

»Wenn das so ist«, erwiderte ich, »würde ich jetzt gern frühstücken.«

»Frühstücken? Was glauben Sie denn, wo Sie sich befinden? Mich würde doch wirklich interessieren, ob wir hier auf einem Kreuzfahrtschiff sind!«

»Kann ich dann bitte einmal Ihr Telephon benutzen? Ich würde gern bei einem Schuhgeschäft hier im Ort anrufen und darum bitten, daß man mir ein Paar Ersatzschuhe bringt.«

»Was wollen Sie benutzen?«

»Ihr Telephon.«

»Ich kann mir kaum vorstellen, daß Sie davon etwas in der Bibel gelesen haben!« keifte sie.

Von dieser Person war, wie ich einsah, keine Hilfe zu erwarten. Ohne ein weiteres Wort zu verlieren, lief ich aus dem Büro. Dabei rannte ich beinahe eine junge Frau über den Haufen. Ich entschuldigte mich, und sie stellte sich mir als »die Schwester des Hubschrauberpiloten« vor, gerade so, als ob ich mit dieser Information etwas anfangen könnte. Bevor ich in der Lage war zu antworten, fuhr sie fort: »Ich habe Sie gesucht, weil ich Ihnen mitteilen soll, daß mein Bruder die Gegend weiträumig zu überfliegen gedenkt, um Ihre Schuhe aus der Luft zu suchen. Nacht für Nacht, bis er sie findet!«

»Sie und Ihr Bruder wissen, daß meine Schuhe fort sind?« fragte ich verwundert. Sie bedachte mich mit einem mitleidvollen

Blick. »Kommen Sie«, sagte sie dann, »ich zeige Ihnen, wie man frühstückt.« Voller Dankbarkeit küßte ich ihre Hände.

Während des Frühstücks sprach die Schwester des Hubschrauberpiloten von ihren persönlichen Nöten. Zögernd gestand sie mir, seit einiger Zeit Gegenstand der furchtbaren Zuneigung eines nichtmenschlichen Wesens zu sein, das zuerst wie ein haarloser, mit einer Art Nachthemd bekleideter Hund oder Storch ausgesehen, später aber das Äußere eines sehr schlichten Mannes angenommen habe. Aus Schwäche habe sie sich dazu hinreißen lassen, viel zu entgegenkommend zu sein, so daß jenes Wesen nun Anspruch darauf erhebe, von ihr geliebt zu werden. Dabei wirke es unberechenbar und durchaus zu drastischen Taten in der Lage. Weil mir nichts Tröstliches zu dem Thema einfiel, frühstückte ich schweigend weiter. Die Schwester des Hubschrauberpiloten schwieg dann ebenfalls. Schließlich verließ sie mit einem stillen Gruß die Küche.

Seitdem ertönt allnächtlich um vier Uhr eine Sirene, und anschließend ist eine Stunde lang zu hören, wie ein Hubschrauber über der Gegend kreist. Ich habe soeben mit schwarzer Schuhcreme an die Wand geschrieben: *Die Nacht ist schön.*

Besuch beim Autor

Eines nicht näher zu bezeichnenden Tages lesen wir in einer großen deutschen Tageszeitung von einem Autor, der nach eigenem Bekunden sofort einschläft, wenn er sich an seinen Schreibtisch setzt und das leere Blatt vor sich liegen sieht. Wenn wir den schwer verständlichen, von zahllosen Fehlern wimmelnden Zeitungstext richtig verstehen, lebt der Autor noch. Dieser Mann ist unser Held, ihn wollen wir besuchen und das Ganze dem Finanzamt gegenüber als Wallfahrt deklarieren. Auf sehr umständliche Weise gelingt es uns schließlich, mit dem Autor in Verbindung zu treten und eine Besuchserlaubnis zu erwirken. Auf noch viel umständlichere Weise reisen wir dann zu ihm an seinen extrem abgelegenen Wohnort. Die Reise beginnt damit, daß die Anzeigetafel auf dem Bahnsteig unseren Zug zwar nennt, jedoch hinzufügt: *Dieser Zug fällt aus. Bitte nicht einsteigen!* Wir aber, die wir unbedingt den eingangs erwähnten Autor besuchen wollen, sagen uns: »Besser mit einem Zug fahren, der ausfällt, als überhaupt nicht.« Also steigen wir ein. Eines Tages gelingt es uns, unser Ziel zu erreichen: die Haustür des Autors. Auf dem Klingelschild steht unter seinem Namen der Zusatz *Fabelhafter Charakter.* Wir klingeln nichtsdestoweniger.

Als er uns öffnet, fragt der Autor: »Kommen Sie wegen der Realität?« Was sollen wir antworten? Später sitzen wir in seinem Arbeitszimmer, und er erzählt uns: »Ich habe nie ein Land oder eine Kultur gesehen. Dabei hätte ich auch Äquator werden können, wenn alles ein wenig anders gelaufen wäre. Glauben Sie mir, ich würde gern arbeiten, aber ich habe keine Lust.« Wir lassen ihn einfach reden und halten ihm Gegenstände, meist papierne, hin, auf daß er sie signiere oder vollschmiere. Dabei verrät er uns mehr über seine Schwierigkeiten mit der Arbeit: »Ich habe vor vielen Jahren begonnen, einen neuen Roman zu schreiben. Das Thema ist: Junge liebt Kuh, alle sind dagegen, auch der Junge und die Kuh. Leider komme ich nach den ersten dreitausend Seiten nicht weiter. Die Handlung ist einigermaßen komplex, die Hauptfigur hält sich für eine große Anzahl Mäuse. Heute, im Alter, denke ich praktischer und würde gern ein Stück Wäscheleine innen ans Garagentor binden.«

Gegen Ende essen wir etwas. Der Autor beißt sich dabei unabsichtlich in die Hand. Unvermittelt sagt er: »Gehen Sie jetzt bitte!«

Es war ein schöner Besuch.

Ihr Radio hat eine wichtige Nachricht für Sie!

Eines Vormittags wiederholte eine aus dem Lautsprecher meines 1948 hergestellten Radios tönende Stimme exakt das Wort, das ich eine Sekunde vorher gedacht hatte. Zunächst war ich geneigt, dies für einen »seltsamen Zufall« zu halten, doch während der nächsten Tage geschah immer wieder das gleiche. Auch ganze Sätze, die ich gedacht hatte, wurden wiederholt. Einmal sprach eine Moderatorin sogar über persönliche Dinge, die nur mir bekannt sein konnten.

Abgesehen von diesen Irritationen ging mein Leben weiter wie gewohnt. Mehrmals wöchentlich begab ich mich zu Fuß in den nahen Ortskern, um etwas zu erledigen. Auf meinem Weg kam ich immer an einem seit Jahren verlassenen bungalowartigen Haus vorbei. Inzwischen war das gesamte Grundstück stark verwahrlost. Hinter dem lückenhaften Zaun wucherten Gras und Wildkräuter, die Rolläden vor den Fenstern waren bis auf einen Spalt heruntergelassen. Ich wunderte mich, daß das Haus nun schon so lange leer stand und verkam. Von den Nachbarn wurde es bestimmt als »Schandfleck« empfunden.

Als ich einmal, es war im Herbst, spätnachmittags auf meinem Heimweg an dem öden Haus vorbeiging, fiel mir auf, daß Rauch aus dem Schornstein aufstieg. Es wohnte also wieder jemand dort. Die Rolläden waren aber nicht hochgezogen, und der schmale Spalt, den sie jeweils freiließen, war nach wie vor dunkel, während in allen anderen Häusern bereits Licht brannte.

Weil ich es mir damals notiert habe, weiß ich, daß am nächsten Tag ein Radiovorfall von neuer Qualität stattfand. In einer Buchbesprechung war kurz von dem Interesse einer Person an einem verlassenen Haus die Rede. Das Wenige, das ich davon mitbekam, erschien mir wie eine Anspielung auf mich. Neuerdings kam es häufig vor, daß der Sender, den ich zu hören pflegte, nicht sauber eingestellt war. Beim Justieren stieß ich irgendwann auf einen anderen, mir fremden, der vorher nie auf dieser Frequenz zu empfangen gewesen war. Wie ich innerhalb weniger Sekunden begriff, wurde auch dort über mich und das bewußte Haus gesprochen. Doch schon nach zwei, drei Sätzen ging es um etwas ganz anderes. Zwischen meinem Radio und dem Haus mußte eine Verbindung bestehen. Der menschliche Verstand braucht Gewißheit, und ich beschloß, sie mir zu verschaffen. Bei Nacht schlich ich über eine angrenzende stillgelegte Bahnlinie von hinten auf das verwilderte Grundstück. Auf der Rückseite des Hauses waren die Rolläden vollständig heruntergelassen, nichts verriet die Anwesenheit irgendwelcher Bewohner. Angestrengt lauschte ich an den Fenstern und sogar an der Haustür, ohne drinnen einen Laut zu vernehmen. Nach einer guten Stunde brach ich die Aktion endlich ab und ging heim.

Am nächsten Tag hatte ich wieder etwas im Ort zu erledigen. Als ich an dem Haus vorbei kam, bot sich mir das gewohnte Bild der Verlassenheit. Kein Rauch stieg aus dem Schornstein auf. Auf dem Bürgersteig gegenüber fegte ein älterer Mann, den ich schon hin und wieder dort gesehen hatte, Laub zusammen. Ich grüßte ihn in der Absicht, durch ein oberflächliches Gespräch etwas über den Gegenstand meines Interesses zu erfahren. Tatsächlich gelang es mir, scheinbar beiläufig auf das Thema zu kommen. Mein Gewährsmann ging darauf ein und gab freimütig Auskunft. Viel wußte er allerdings nicht. Die Bewohner des fraglichen Anwesens seien vor fast zehn Jahren gestorben oder verschwunden, erfuhr ich. Niemand wisse es mehr genau, und seither habe sich kein Mensch auf dem Grundstück blicken lassen. Es habe wohl auch niemand Erbansprüche geltend gemacht oder Kaufinteresse gezeigt. »Besitzer unbekannt«, sagte der Mann. »In so einem Fall ist auch die Stadtverwaltung machtlos.«

»Könnte sich da nicht jemand unrechtmäßig einnisten?« fragte ich. Der Mann antwortete: »Bis jetzt ist nichts davon zu bemerken. Früher oder später würde so was auffallen.«

»Ja«, meinte ich, »wenn zum Beispiel Rauch aus dem Schornstein käme.« Der Mann lachte und erwiderte: »Das wäre allerdings *sehr* auffällig! So unvorsichtig ist niemand.« Ich fragte mich, ob ich denn der einzige sei, der den Rauch gesehen hatte. Weil mir das aber kaum möglich schien, argwöhnte ich, mein Gesprächspartner verheimliche mir etwas.

Als ich frühabends auf meinem Heimweg wieder an dem Haus vorüberging, rief mir aus einem vorbeifahrenden Auto eine Frauenstimme zu: »Gehen Sie schnell nach Hause, Ihr Radio hat eine wichtige Nachricht für Sie!«

Weisungsgemäß begab ich mich nach Hause und schaltete neugierig das alte Radio ein, das ich vor langer Zeit von meinen Eltern geerbt hatte. Eine etwas altertümlich klingende Stimme sprach so ausführlich wie unverständlich über Dämonen, die angeblich aus altem Holz herauskämen und zwei linke Ohren hätten.

Von Zeit zu Zeit pflegte mich ein gewisser Doktor H. in das an der alten Ladenstraße gelegene Café Haas einzuladen, weil man dort nicht von arbiträrer, viel zu lauter Musik belästigt wurde. Meines Wissens war Dr. H. ein Industrieller, erst später erfuhr ich von den langen, klappernden Metallstangen unter seinem Bett und den Stapeln alter Zeitungen, die seine Wohnverhältnisse stark beengten.

Im Café Haas saßen wir dann bei Kuchen und Tee und führten mutwillige Reden (auch gegenüber dem Bedienungspersonal), bis das Lokal schloß. Bei einer dieser Gelegenheiten benahmen sich die Serviererinnen plötzlich seltsam. Sie standen beieinander und starrten ratlos in die Höhe. Ihrem aufgeregten Flüstern und Raunen war zu entnehmen, daß ihnen an der Decke des großen Raums runde Lichterscheinungen aufgefallen waren, die sie sich nicht erklären konnten. Den Blick hebend, sahen Dr. H. und ich, was sie meinten. Zunächst vermuteten wir Reflexionen von Geschirr, Zukkerstreuern oder anderen in Frage kommenden Gegenständen, doch die Serviererinnen, denen wir unsere schlichte Hypothese nannten, widerlegten dieselbe im Handumdrehen. Nun starrten auch wir ratlos in die Höhe. Der herbeigerufene Geschäftsführer vermochte ebenfalls nichts zur Lösung des Rätsels beizutragen und suchte unter fadenscheinigen Reden schnell das Weite. Weil die Lichterscheinungen an der Decke keinen nachteiligen Einfluß auf den Kuchen zu haben schienen, bestellten wir jeder ein zweites Stück.

Mit der Zeit gerieten die Lichterscheinungen in Vergessenheit. Bereits zwei Wochen später hätten die Serviererinnen abgestritten, je etwas Derartiges gesehen zu haben. Auch Dr. H. und ich erwähnten das Thema nicht mehr. Wir sprachen stattdessen wahllos über alles, was uns einfiel, und so berichtete ich von meinem damals siebzig Jahre alten Wohnzimmerradio, aus dem sich Stimmen hören ließen, die genau das wiederholten, was ich einen Moment zuvor gedacht oder gesagt hatte. Dr. H. zeigte sich beeindruckt und fragte nach dem Markennamen des Geräts. »Es ist ein

WILAG«, antwortete ich. »Die genaue Typenbezeichnung lautet Standard-Super GW.«

»Ein WILAG!« rief Dr. H. aus. »Dann war der Hersteller kein anderer als der berühmte Baron von W.!«

Über sein Wissen staunend, erzählte ich ihm: »Meine Mutter war nach dem Zweiten Weltkrieg in seiner Radiofabrik angestellt. Zu ihrer Hochzeit bekam sie das Gerät von ihm geschenkt. Ich habe es später geerbt.«

»Durch eine solche Nähe Ihrer Familie zu Baron von W. sind Sie doch allemal legitimiert, ihn um eine genaue Überprüfung des Radios zu bitten«, entschied Dr. H.

Ich lachte. »Der Baron müßte heute etwa hundertzwanzig Jahre alt sein! Zufällig weiß ich jedoch, daß er vor gut fünfzig Jahren gestorben ist, nachdem seine Firma schon lange in Konkurs gegangen war. Meine Eltern waren damals auf seiner Beerdigung.«

Mit einer Bewegung seiner Kuchengabel gebot Dr. H. mir zu schweigen. Als einer, der *alle* kannte und *alles* über sie wußte, unterrichtete er mich davon, daß Baron von W. sehr wohl noch immer seine Radiofabrik in Norddeutschland betrieb. Mit vor Verwunderung offenem Mund sah ich Dr. H. an. Er trug mir auf: »Fahren Sie hin und überzeugen Sie sich selbst.«

Die Rechnung kam. Ich hatte Rohmaterial für 16,50 Einheiten verzehrt. Alle übrigen Positionen waren durchgestrichen. Dr. H. zahlte, und wir nahmen Abschied voneinander. »Denken Sie an meine Worte!« rief mir mein Gönner auf der Straße nach, dann verschlang uns die Nacht.

Auf dem Heimweg dachte ich über Dr. H.s Worte nach. Wenn er die Ansicht vertrat, Baron von W. produziere nach wie vor Radiogeräte am selben Ort wie vor rund siebzig Jahren, war ich bereit, ihm zu glauben, solange nicht der Gegenbeweis erbracht war. Aus diesem Grund nahm ich die beschwerliche Bahnreise nach Norddeutschland auf mich. Am anderen Ende der zu überwindenden geographischen Distanz stieg ich mit dem alten Rundfunkempfänger unter dem Arm aus. Die Vögel auf dem Bahnsteig sahen mich seltsam an.

Leider mußte ich bei dem Versuch, die Radiofabrik zu finden, erfahren, daß meine ursprünglichen Bedenken berechtigt gewesen waren. Die Firma existierte seit Jahrzehnten nicht mehr. Der Gegenbeweis war damit erbracht. Auf der Rückreise überlegte ich, wie Dr. H. mir nur mit so großer Bestimmtheit einen derartigen Rat hatte geben können. Es mußte an den mysteriösen Lichterscheinungen im Café gelegen haben. Eine andere Erklärung gab es nicht. Ich habe seither von Dr. H. nie wieder etwas gehört oder gesehen.

Seit jenem Nachmittag im Spätherbst, als Rauch aus dem Schornstein des verlassenen Hauses in der Nachbarschaft gestiegen war, ohne daß sich sonst etwas am Charakter seiner Unbewohntheit geändert hatte, achtete ich, wenn ich an dem Grundstück vorbeiging, genau auf etwaige Veränderungen, die für die Anwesenheit neuer Bewohner sprachen. Zunächst gab es keine. Weder brannte je Licht, noch wurde das kniehohe Gras im Vorgarten gemäht. Selbst die Stellung der fast völlig hinuntergelassenen Rolläden blieb immer gleich. Zwar stand ab und zu das Gartentor offen, doch dafür mochten mutwillige Kinder oder Jugendliche verantwortlich sein, und ordnungsliebende Nachbarn schlossen das Tor manchmal. Der Schornstein rauchte kein zweites Mal.

Allmählich wurde der hölzerne Gartenzaun lückenhafter und war im folgenden Sommer endlich restlos verschwunden. Doch konnte er kaum von heimlichen Bewohnern des Hauses verheizt worden sein. Die hätten nicht zu diesem Mittel greifen müssen, denn links und rechts von dem einstöckigen Haus waren große Brennholzmengen in schuppenartigen Verschlägen regensicher gestapelt. Als viel größer mußte die Wahrscheinlichkeit angesehen werden, daß der Zaun von Passanten gestohlen und als Holzspende im Louvre abgegeben worden war. Was mir noch auffiel, war, daß das sonst immer im Hauklotz bei den Holzvorräten stekkende Beil ein paar Tage lang auf dem Klotz *lag*, danach aber wieder in denselben geschlagen worden war. Doch auch das mochten Jugendliche aus der Gegend getan haben. Danach konnte ich monatelang keinerlei Veränderung mehr feststellen.

Im Dezember aber waren eines Tages die schäbigen Kunststoff-Rolläden vor den Fenstern vollständig hinuntergelassen, nachdem sie bisher immer einen Spalt frei gelassen hatten. Es mußte also – wenigstens hin und wieder – jemand in dem Haus sein. Dafür sprachen auch die Fußspuren, die ich ein paar Wochen später im frischen Neuschnee auf dem Grundstück sah. Es waren lediglich Abdrücke eines einzigen Schuhpaars, die von der Haustür zum Bürgersteig führten. Diese neuen Entdeckungen konnten es unbedingt mit dem rauchenden Kamin im vergangenen Herbst aufnehmen. Mein von all diesen Ungereimtheiten gereizter Verstand forderte eine Erklärung, und der Wunsch zu erfahren, wie es im Innern des Hauses aussah und ob sich dort tatsächlich jemand oder etwas aufhielt, entwickelte sich zur fixen Idee. Allen Ernstes spielte ich mit dem Gedanken, zur Haustür zu gehen und zu läuten beziehungsweise, wenn der Strom abgestellt wäre, zu klopfen. Falls geöffnet würde, wollte ich einen Vorwand gebrauchen und mich als Vertreter oder ähnliches ausgeben. Gleichwohl bestand auch die Möglichkeit, daß keine Reaktion erfolgte. Aber irgendwie mußte ich wenigstens einen Blick in dieses Haus werfen.

Seit meiner Jugend litt ich an einer Unpäßlichkeit, die der Volksmund »Kreislaufschwäche« nennt. Ohne erkennbare Ursache konnte sie an manchen Tagen schon beim Erwachen auftreten und mir Schwindel, Übelkeit und in seltenen Fällen sogar Ohnmacht bescheren. An einem solchen Tag mußte ich trotz meiner elenden Verfassung etwas Wichtiges im Ortskern erledigen. Weil ich hoffte, die Bewegung werde meinen Kreislauf günstig beeinflussen, ging ich zu Fuß. Indes stellte sich der gewünschte Effekt nicht ein. Vielmehr verschlechterte die Anstrengung meinen Zustand. Bald schleppte ich mich nur noch mühsam vorwärts. Als ich in der stillen Straße ankam, in der das geheimnisvolle Haus stand, hatte ich Ohrensausen, und schwarze Punkte tanzten wie Insekten vor meinen Augen. Mir war so elend wie lange nicht mehr. Weiterzugehen hatte keinen Zweck. Ich mußte umkehren, aber bis zu meiner Wohnung waren es etwa dreihundert Meter. Wie ich es bis dorthin schaffen sollte, konnte ich mir nicht vorstellen. Zu allem Überfluß begann es zu regnen und ein Gewitter brach los. Der Boden unter meinen Füßen entwickelte eine ungeheure Anziehungskraft. Auf der Straße umzufallen, kam für mich nicht in Frage, deshalb suchte ich unwillkürlich nach einer Alternative. Das Gartentor des bewußten Hauses befand sich in einer Entfernung, die zu überwinden ich mir gerade eben noch zutraute. Also raffte ich alle noch verfügbare Lebensenergie zusammen und erreichte tatsächlich das Tor. Es ließ sich leicht öffnen. Kaum noch bei Sinnen, stolperte ich auf das überwucherte Grundstück. Im Vorgarten gedachte ich ebenso wenig ohnmächtig zu werden wie auf der Straße, daher war die Haustür mein Ziel. Während ich mich ihr taumelnd näherte, glaubte ich zu sehen, daß jemand im Türrahmen stand. Eine freundlich klingende Stimme rief mir zu, ich solle doch hereinkommen, bevor ich ganz durchnäßt würde.

Der Kamin sei geheizt, und ich könne meine Kleidung trocknen. In meiner Lage konnte ich nicht anders, als der Einladung zu folgen. Beim Eintreten nahm ich Wärme und den Geruch von brennendem Holz wahr. Plötzlich wurde es so hell, daß ich nichts sehen konnte. Ich äußerte die Bitte, mir zuliebe das Licht auszuschalten, doch wurde darauf geantwortet, das sei leider unmöglich. Wie zur Begründung fügte dieselbe Stimme etwas hinzu, das für meine halbbetäubten Ohren klang wie: »Wir sind Engel.« Für kurze Zeit – es können nur einige Sekunden gewesen sein – glaubte ich, die Stimmen tropischer Vögel zu hören, auch menschliche Laute mischten sich hinein, Flüstern, Lachen, spitze Schreie, dazu ein leises Dröhnen im Hintergrund. Dann erlosch alles Licht und mit ihm mein Bewußtsein.

Lautes Klopfen und Rufen weckte mich unsanft: »Aufmachen! Polizei!«

Ich begriff überhaupt nichts. Benommen tastete ich nach meiner Nachttischlampe, konnte sie jedoch nicht finden. Alles, was ich berührte, war mir fremd. Es roch stark nach trockenem Holz, auch das war ungewohnt. Ich versuchte angestrengt, mich zu erinnern, was geschehen war. Indessen ging das Klopfen und Rufen weiter. Zweifellos kam es von der Tür. Weil ich wollte, daß es aufhörte, stand ich im Dunkeln auf, um nachzusehen. Unterwegs stieß ich gegen unerwartete Hindernisse und fand zuletzt eine Tür. Nach mehreren Versuchen gelang es mir, sie zu öffnen. Draußen standen, von Mondlicht beschienen, zwei Polizisten. Einer von ihnen fragte mich: »Was tun Sie hier? Können Sie sich ausweisen?« Desorientiert, wie ich war, fing ich an, von der zerstörerischen Macht des Schlafs zu sprechen. Die Polizisten sahen einander kurz an, dann ergriff der andere das Wort: »Passen Sie auf: Wenn wir ›Jetzt‹ sagen, wachen Sie zu Hause in Ihrem Bett auf.« Es erstaunte mich, daß ein Polizist so etwas sagte. Und schon riefen beide: »Jetzt!«

Tatsächlich erwachte ich in meinem Bett. Es war früh am Morgen und noch dunkel.

Ich hatte ein unangenehmes Gefühl im Mund. Mir war, als käme ein dünnes, kunststoffummanteltes Kabel zwischen meinen Lippen hervor und hinge in einer Schleife von etwa zehn Zentimetern Länge vor meinem Kinn. Unter dem Bett schienen lange Metallstangen zu klappern. Unfähig aufzustehen, wartete ich darauf, daß das Kabelgefühl verging – so wie man auf die Rückkehr der Empfindung in einem »eingeschlafenen« Bein oder Arm wartet. Mehrere Minuten später war es soweit, auch unter dem Bett herrschte Ruhe, und ich erhob mich.

Beim Frühstück schaltete ich mein altes Radio ein. Ich hoffte auf angenehme Musik oder einen interessanten kulturellen Wortbeitrag. Eine etwas altertümlich klingende Stimme teilte der Öffentlichkeit jedoch mit, »der Standard-Echtheitstest« habe ergeben, daß ich eine Fälschung sei. »Was er für sich selbst hält, scheint tatsächlich eine Art Gummipuppe zu sein«, hieß es. »Eine geheime Macht bewirkt mittels Täuschung, daß dieses Ding sich ein Bewußtsein einbildet.«

»Da kann er ja beruhigt sein«, sagte eine andere Stimme, »denn ein Mensch zu sein, ist das Schlimmste überhaupt.«

Die neue Qualität der Durchsagen meines Radios machte es dringend notwendig, etwas dagegen zu unternehmen. Nach dem gescheiterten Versuch, den Hersteller persönlich zu Rate zu ziehen, kam für mich nun nur die Inanspruchnahme der Dienste eines lokalen Spezialisten infrage. Ich brachte das Radio zu einem Elektro- und Rundfunktechniker in der alten Ladenstraße. Der schloß es an eine Steckdose an und schaltete es ein. Sobald die Röhren warm waren, ertönten nichtmenschliche Stimmen. Der Techniker wurde blaß.

»Wir müssen die Quelle der Übertragung finden«, entschied er. Weil ich von solchen Dingen überhaupt nichts verstand, fragte ich: »Wie soll das gehen?«

»Mit Richtstrahlen.«

»Haben Sie welche?«

Dem Techniker kamen Bedenken, weshalb er einräumte: »Es kann sein, daß es nicht mit Richtstrahlen gemacht wird. Vielleicht heißt es anders.«

»Wie es heißt, ist doch egal«, meinte ich. »Hauptsache, man kann Sender damit orten.«

Wir packten alles, wie es auch heißen mochte, zusammen mit meinem Radio in seinen Lieferwagen. Dort schloß der Techniker sämtliche Geräte an und versorgte sie mit Strom aus der Benzinpumpe. Ich wurde angewiesen, die Richtantenne für die Funkpeilung zu halten. Sofort waren wieder die nichtmenschlichen Stimmen zu hören.

Die Fahrt begann. »Kann der Sender unter Umständen nicht Hunderte oder Tausende von Kilometern weit weg sein?« fragte ich.

»Keine Sorge«, beruhigte mich der Fachmann, »es muß hier irgendwo in der Nähe sein. Das fühle ich.«

Wir fuhren die enge alte Hauptverkehrsstraße neben der Bahnlinie entlang und dann die erste Querstraße links bergauf. Dem Pegelausschlag des Anzeigegeräts war zu entnehmen, daß wir uns wahrhaftig dem Sender näherten. Auch die Intensität, mit der die nichtmenschlichen Stimmen aus dem Lautsprecher meines Radios drangen, nahm zu. Schließlich hielt der Techniker den Wagen in einem mir wohlvertrauten stillen Sträßchen an, direkt vor dem bungalowartigen, offensichtlich seit langem verlassenen Haus. Im Vorgarten wucherten Gras und Wildkräuter, vom Zaun war nichts mehr übrig. Der Techniker kommentierte: »Hier ist es. Da drin muß der Sender sein. Sehen Sie sich den Pegelausschlag an.«

Er hatte recht, es konnte keinen Zweifel geben. Ungläubig starrte ich abwechselnd das Meßgerät und die marode Hütte draußen an. Meine Sprachlosigkeit überwindend, fragte ich: »Was jetzt?«

Wie aus einer anderen Geschichte antwortete der Techniker: »Wir müssen warten, bis eine Straßenbahn hier hält.«

Das fand ich sowohl von der Logik als auch von der Wahrscheinlichkeit her unsinnig. In dieser schmalen Siedlungsstraße fuhr keine Straßenbahn. Niemals würde hier eine verkehren. Doch bevor ich diese Tatsache erwähnen konnte, entstand eine Straßenbahn als grundloses Ereignis auf der Photonenebene. Ein paar Meter von uns entfernt hielt sie, ihre Türen öffneten sich hydraulisch. Sie war völlig leer, nicht einmal einen Fahrer gab es. »Kommen Sie«, forderte der Techniker mich auf, sprang aus dem Wagen, lief zu der Straßenbahn und stieg ein. Der Sender in dem Haus schien ihm so gleichgültig zu sein wie sein Lieferwagen samt den Geräten.

»Los! Machen Sie schnell«, rief er mir zu, »die Bahn fährt gleich ab!«

Obwohl ich es nicht richtig fand, beschloß ich, ihm zu folgen. Allein zurückzubleiben hatte keinen Sinn. Doch mein Radio wollte ich mitnehmen. Vom Beifahrersitz aus konnte ich es nicht erreichen, deshalb stieg ich aus und öffnete die Seitentür des Lieferwagens. Sobald ich aber auf der Straße stand, war ich nicht fähig, auch nur einen einzigen Schritt vorwärts zu machen. Hilflos blickte ich zu dem Techniker hinüber. Mit Gesten und Lauten forderte er mich auf, ebenfalls in die Bahn zu steigen. Ich versuchte es unter Aufbietung aller Kraft, schaffte es aber nicht. Die hydraulische Tür der Straßenbahn schloß sich. Der Techniker sah durch das Fenster zu mir heraus. Sein Gesichtsausdruck wirkte, als sei es lebenswichtig für ihn, daß ich mitfuhr. Die Bahn setzte sich in Bewegung. In ihrem Inneren erlosch das Licht, dann verschwand sie restlos.

Die Lähmung fiel von mir ab. In dem Sträßchen herrschte wieder die altvertraute Stille. Die nichtmenschlichen Stimmen schwiegen. Der Grund dafür war, daß der Lieferwagen des Technikers ebenfalls verschwunden war – und mit ihm mein Radio. Wenn dieses alte Familienerbstück auch ein höchst irritierender Gegenstand gewesen war, mußte sein Verlust doch bedeuten, daß jetzt keine Hoffnung mehr darauf bestand, das Rätsel jener Stimmen lösen zu können. Und das, nachdem wir ihre Quelle schon gefunden hatten! Wie ich im abendlichen Zwielicht zu erkennen glaubte, stand vor dem verlassenen Haus ein korpulenter Mann in hellblauem Anzug. Er rief mir zu: »Gehen Sie schnell nach Hause, Ihr Radio hat eine wichtige Nachricht für Sie!«

Vom Zimmer verlassen

Mein Zimmer, das ich seit Stunden seelisch auszufüllen versuchte, begab sich plötzlich an einen anderen Ort, ohne mich mitzunehmen. Dadurch gewann ich den Eindruck, irgendwie parallel zum Leben zu existieren. Fragen wie die, weshalb mein Zimmer mich verlassen haben mochte oder ob ich ihm – falls ich es zurückbekommen sollte – künftig überhaupt noch trauen konnte, beschäftigten mich weniger. Hauptsächlich war mir an seiner Wiederauffindung gelegen. Deshalb begann ich sogleich mit der Suche, gab ein Zimmergesuch auf und überprüfte genauestens die Rubriken mit den Titeln *Unvermittelt aufgetauchte Zimmer* und *Zimmernachweise*. Auch ließ ich mir verschiedene aufgegriffene Zimmer zeigen, doch war meins nicht darunter.

Erst viel später lernte ich eine Person kennen, die glaubte, sich auf einem Schiff zu befinden und an den Bordspielen teilzunehmen. Von ihr erhielt ich einen wichtigen Hinweis, der sich als entscheidend herausstellen sollte.

Pinsel kaufen

Ich hatte die Angewohnheit, Farbe mit Hilfe von Pinseln auf Papier aufzutragen. Nach und nach nutzten sich die Haare der Pinsel ab und schwanden. Wollte ich meine eingangs genannte Angewohnheit nicht in absehbarer Zeit aufgeben, mußte ich neue Pinsel anschaffen. Zu meinem Glück war ich oft mit einem großen, schweren Mann in dessen Kraftwagen unterwegs, und so ließ sich der Pinselkauf bequem erledigen. Der Fahrzeugführer war ein genußfreudiger, begeisterungsfähiger Mensch, der überall sehr viel kaufte und gegenüber dem Bedienungspersonal freizügige Reden führte. Gleich im Eingangsbereich eines Geschäfts pflegte er sich auf den erstbesten feilgebotenen Unfug zu stürzen, denselben für unverzichtbar zu erklären und seinen Einkaufswagen damit zu füllen. Im Pinselgeschäft würde es kaum anders sein.

Beim Betreten desselben wurden wir Zeugen einer Szene. Der Inhaber brüllte seinen Buchhalter an, ab sofort sollten die ausgehenden Rechnungen fortlaufend numeriert werden. Das Finanzamt habe jedes Recht der Welt, dies zu verlangen, und wer sich solcher Anordnung widersetze, stelle sich gegen Gott. Ich erinnerte mich: Gott wurde übernatürliches Talent nachgesagt.

Dann wurde der Inhaber auf uns und auf mich im besonderen aufmerksam. »Sie hier, im Pinselgeschäft?« fragte er.

»Ja«, antwortete ich, »das Bedürfnis, Pinsel zu kaufen, ist sehr stark.«

Ich solle mir das Pinselkaufen nur nicht so leicht vorstellen, warnte mich der Händler, mit meinen schwachen Nerven ginge ich da ein beträchtliches Risiko ein. Hier mischte sich der große, schwere Mann an meiner Seite mutwillig ins Gespräch und erzählte von einer Verwandten, die nur einmal monatlich Stuhlgang habe und jedesmal beteuere, das sei schwerer als Kinderkriegen. »*So* schwer wird das Pinselkaufen schon nicht sein«, schloß mein Begleiter lachend.

Der Händler musterte ihn mit giftigem Blick und erwiderte: »Ich muß wahnsinnig sein, daß ich Neurastheniker und Verrückte in meinen Laden lasse.« Im nächsten Augenblick war er türknallend in seinem Büro verschwunden. Davon unbeeindruckt, kaufte ich sodann Pinsel, wie es mir beliebte und erforderlich erschien. Es zeigte sich, daß ich stark genug war.

Im Pinselgeschäft gab es neuerdings auch Kaffee, belegte Brötchen sowie große, schwere Steine, die in einem Hinterzimmer aufgeschichtet lagen. Der Mann, mit dem ich unterwegs war, wollte die Steine gern kaufen, mußte sich vorher jedoch mit Kaffee und belegten Brötchen stärken. Ich sah ihm dabei zu. Um seine Nahrung aufzunehmen, öffnete er wiederholt den Mund, und jedesmal fielen verschieden große Metallplatten heraus. Ein Arzt habe da bei ihm »eine Kleinigkeit geändert«, erklärte er mir.

Verabredung zum Abendessen

Pünktlich um fünfzehn Uhr betrat ich die Eingangshalle des hochherrschaftlichen Hauses. Vorbei an einem goldgerahmten Monumentalspiegel, in dem ich mich skandalös klein ausnahm, lief ich zur Treppe und sah sofort, daß überall Schreibmaschinen standen. Mein Aufstieg war zunehmend schreibmaschinengesäumt, mit jedem Stockwerk wurde die begehbare Fläche der Stufen schmaler. Trotzdem war es mir möglich, zuletzt ganz oben anzukommen. Der große, schwere Mann, mit dem ich zum Abendessen verabredet war, fragte zur Begrüßung: »Haben Sie die Kartons mitgebracht? Die großen grauen Kartons?«

»Die aus dem Kino?« erwiderte ich unsicher, worauf der Mann sagte: »Meinetwegen.«

Wahrheitsgemäß gab ich zu Protokoll, absolut nichts über irgendwelche Kartons aus dem Kino zu wissen, ich sei nur gekommen, um die Kartons zu holen. »Wollten Sie nicht erst um neunzehn Uhr hier sein?« forschte der große, schwere Mann weiter. Ich antwortete: »Ja, zum Abendessen. Wir sind verabredet.«

Daraufhin machte der Mann große Augen, hob die Brauen und tastete mit den Händen seinen ganzen Oberkörper ab, als habe er überall am Hemd Taschen, in denen er einen bestimmten Gegenstand vermutete (oder als ob er nur eine solche Tasche hätte, jedoch nicht wüßte, an welcher Stelle dieselbe installiert sei).

»Dann ziehe ich mich bis zum Abendessen auf den Dachboden zurück«, ließ er mich zuletzt wissen. Ich riet ihm: »Sie dürfen nichts Eßbares mitnehmen, wegen der Wespen!«

Er erkundigte sich noch einmal eingehend, ob er zum Abendessen zuverlässig entlassen würde. Dem stünde schon allein aus gewerkschaftlichen Gründen nicht das geringste im Weg, versicherte ich ihm, und wir unterschrieben in beiderseitigem Einverständnis.

Tatsächlich konnte der große, schwere Mann den Dachboden vor dem Abendessen verlassen, da war ich allerdings längst mit den Kartons über alle Berge.

Dieses Gesicht

»Aus dem linken Blumenbeet guckt wieder dieses Gesicht heraus«, hörte ich als Kind eines Tages meine Großmutter zu meiner Mutter sagen. Ich lief sofort in den Garten hinaus, konnte aber in dem genannten Beet – und auch in keinem anderen – ein Gesicht entdecken. Ein einziges Mal fragte ich meine Mutter danach. Ihre Antwort ließ es mir geraten scheinen, nicht noch einmal zu fragen. Über die Jahrzehnte ist mir der von meiner Großmutter gesprochene Satz im Gedächtnis geblieben.

Vor zwei Wochen materialisierte sich ein Gesicht in dem leeren Schuhkarton, den ich in meinem Kleiderschrank aufbewahre, um hin und wieder hineinzuschauen. Früher hatte mich seine schuhlose Leere inspiriert. Das Gesicht ist mir gänzlich unbekannt. Seine alterslosen Züge sind entspannt, sein Ausdruck ist neutral. Die Augen sehen mich ohne Lidschlag an. Ich warte darauf, daß die Lippen sich bewegen und das Gesicht etwas sagt. Doch es bleibt stumm. Wahrscheinlich, weil der Schuhkarton keinen Raum für einen kompletten Sprechapparat bietet.

Inzwischen, nach einem halben Jahrhundert, kann ich dieses Gesicht leider nicht mehr meiner Großmutter zeigen und sie fragen, ob es dasselbe ist wie damals im linken Blumenbeet.

Von Bahn und Bär

Der Unterricht hatte wieder länger gedauert. Es war schon Nacht, als ich mich am Bahnhof einfand, um heimzufahren. Kaum hatte ich die Halle des alten Empfangsgebäudes betreten, drang das Gerücht durch, ein Zug könne jeden Augenblick kommen. Auf solche Gerüchte war man angewiesen, seit es keine Fahrpläne mehr gab. Die wartenden Fahrgäste rannten auf gut Glück zu den Bahnsteigen. Da auch ein riesiger Braunbär darunter war, hielt ich Abstand. Ich mochte es nicht, wenn riesige Braunbären eigenmächtig auftauchten. Dieser hier war sicherlich harmlos und wollte nur seinen Zug erreichen, trotzdem war mir in seiner Gegenwart nicht wohl.

Niemand wußte, an welchem Bahnsteig die Einfahrt erfolgen würde, interessanterweise verließ man sich auf den Instinkt des Braunbären. Die Treppe, die er emporlief, mußte die richtige sein, und die Menschen folgten ihm. Oben stand ein abfahrbereiter Personenzug altertümlicher Bauart. Nichts verriet, wohin er fahren würde. Die Anzeigetafeln funktionierten nicht, Zugbegleitpersonal wurde eingespart, und der Lokführer war verstockt. Der Bär schien schon eingestiegen zu sein, ich sah ihn nirgends mehr. Auch alle anderen kletterten in einen der Wagen, ich jedoch konnte mich nicht dazu entschließen. Weder wußte ich, in welche Richtung die Fahrt gehen würde, noch fand ich es verlockend, mit einem freilaufenden Braunbären zu reisen. Nein, sagte ich mir, ein Rest von Vernunft muß selbst in einer solchen Lage walten, und stieg nicht ein. Der Zug fuhr ohne mich ab und ohne daß ich zu erkennen vermochte, in welche Richtung. Wahrscheinlich konnte ich nach dem langen Schulunterricht rechts, links, Osten und Westen nicht mehr unterscheiden. So blieb ich allein auf dem Bahnsteig zurück. Im nächsten Moment verschwand ich im Bahnlandschaftsnebel.

Sittenbild eines Besuchs

Die Vorgeschichte ist unbekannt. Ich wollte als Handlungsagent eine Version von mir besuchen, die im Leben weniger Glück hatte als ich. Ein paar Minuten nach der verabredeten Zeit stieg ich aus dem Taxi, das mich in die Vorortstraße gebracht hatte, wo besagte Version von mir wohnte. Mit einem Blumenstrauß für die Frau des Hauses in der Hand, ging ich durch den kargen Vorgarten zur Haustür und klingelte. Ein rüstig wirkender weißhaariger Mittsiebziger, der Vater der weniger glücklicheren Version von mir, öffnete und bat mich in die Parterrewohnung. Dort hieß mich seine Frau willkommen. Ich überreichte ihr die Blumen, wobei ich anmerkte: »Leider mit fast dreiundvierzig Jahren Verspätung. Ich bitte nochmals, das zu entschuldigen.« Die Antwort der Frau klang resigniert: »Es ist nun einmal so, wie es ist.«

Nach der Begrüßung nahmen wir im Wohnzimmer Platz, die Frau und der Mann auf dem Sofa, ich auf einem Sessel. Mir wurde nichts angeboten, nicht einmal ein Glas Wasser. Die Frau und der Mann sahen mich erwartungsvoll an.

»Was für ein unwahrscheinlicher Zufall«, wunderte sich die Frau, die seltsamerweise noch immer – oder wieder? – den Blumenstrauß in Händen hielt. Ich wollte gerade etwas erwidern, als ich bemerkte, daß der Platz auf dem Sofa, wo eben noch der Mann gesessen hatte, leer war. ›Wann ist er denn aufgestanden?‹ fragte ich mich. Ich warf einen vorsichtigen Blick über die Schulter, konnte ihn aber nirgends entdecken.

»Es zeichnet Sie als einen gewissenhaften Menschen aus«,

sagte da der Mann, der plötzlich wieder an seinem Platz saß. Dafür war jetzt der Blumenstrauß seiner Frau verschwunden. Entweder stimmte mit meiner Wahrnehmung etwas nicht oder mit den Eltern der weniger glücklichen Version meiner selbst. In mir stieg ein unbehagliches Gefühl auf, und ich verspürte mit einemmal den überraschend starken Wunsch, das Haus so schnell wie möglich wieder zu verlassen. Unhöflichkeit brauchte ich mir nicht vorzuwerfen, nachdem mir nicht einmal etwas zu Trinken angeboten worden war. Wenigstens ein Taxi würde man hoffentlich für mich bestellen. Während ich dies dachte, war es ganz still im Zimmer. Man hätte meinen können, auch die Frau und der Mann empfänden die Angelegenheit als erledigt und warteten nur darauf, daß ich Anstalten machte, mich zu verabschieden. Der Mann stand plötzlich schweigend auf und schaltete das Fernsehgerät ein. Dann nahm er wieder auf dem Sofa platz. Seine ungeteilte Aufmerksamkeit galt den optischen und akustischen Erscheinungen, die der Apparat hervorbrachte.

Im nächsten Moment läutete das Telephon in der Diele. Ohne etwas zu sagen, ging die Frau aus dem Zimmer. Gleich darauf verstummte das Läuten, von der Frau war aber kein Wort zu hören. Die Version von mir, die im Leben weniger Glück hatte als ich, bekam ich an diesem Tag nicht zu sehen.

Im Konkurszirkus

Als ich auf dem Weg zur Arbeit an der Festwiese vorbeikam, schloß ich aus dem, was ich sah, daß ein Zirkus aufgebaut wurde. Ich dachte: ›Nach all der Arbeit, die mir den heutigen Tag verdirbt, könnte ich doch am Abend mit der Familie den Zirkus besuchen, um mich zu zerstreuen.‹ Passenderweise gab es dann in der Firma statt Lohn Ermäßigungskarten für den Zirkus, und so kam es, daß ich mit Frau und Kind eine Abendvorstellung besuchte.

»Was ist denn das für ein Zirkus?« fragte meine Frau, als wir davorstanden. Alles war völlig falsch aufgebaut, den Zirkusleuten aber war dies entweder noch nicht aufgefallen oder ganz einfach egal. An der Kasse nahm mich ein als Rechtsanwalt gekennzeichneter Herr beiseite.

»Hier ist alles so falsch, daß es unweigerlich zum Konkurs kommen muß«, sagte er. »Sie könnten dann die Restbestände übernehmen. Der Preis ist nicht hoch, und Sie bekommen ja alles vom Staat zurück.«

Er präsentierte mir eine Bestandsliste, die er angeblich vom Konkursamt hatte. Auf den ersten Blick sah ich, daß sie nicht stimmte. »297 Tiere?« fragte ich ungläubig, denn es war ein ziemlich kleiner Zirkus. Ich ließ den Direktor kommen und zeigte ihm die Liste. Er schüttelte den Kopf: »Die Zahl 297 ist falsch. So viele Tiere haben wir nicht. Ich habe doch bloß 180 Stück gekauft.« Lachend erklärte der Anwalt: »Bestandslisten vom Konkursamt muß man zu lesen verstehen. Die angegebene Zahl bedeutet nicht die Gesamtzahl aller Tiere, sondern das Gewicht eines einzelnen Tieres in Gramm.«

In der Tierschau, wo ich sodann Inventur machte, gab es nur ziemlich kleine Tiere und zudem nur solche, die der Direktor schon im Delirium tremens gesehen hatte. Ich fand sie allesamt zu klein, ich wollte größere. Umgehend rief ich beim Konkursamt an und forderte, die Würmer sollten zwei Meter lang sein und die Fledermäuse so groß wie die Frauenkirche.

Da schlug es acht, die letzte Vorstellung vor dem Konkurs sollte endlich anfangen. Seit Stunden warteten die Artisten und Clowns schon in einer schäbigen Garderobe aus Blech und Abfall. Einige suchten ihr Heil in Perücken, die sie begehrenswert aussehen lassen sollten, andere redeten in allen Sprachen durcheinander: »Ich hab keine Hose!«, »Ich hab kein Geld!«, »Ich hab kein Talent!«

Sie brannten darauf, im Gänsemarsch hinaus ins Licht zu treten und zu singen: »Hey, hey, wir sind die ABC-Puppen aus Geisterstadt!« Weil aber alles falsch aufgebaut war, war es im Zelt so dunkel und muffig wie in einer Gruft, und niemand traute sich hinein. Der Direktor forderte die Zuschauer auf, von zu Hause Lampen zu holen, damit die Vorstellung stattfinden konnte. Ihm wurde jedoch entgegengehalten, für Licht habe er selbst zu sorgen, das sei im Eintrittspreis inbegriffen. Darüber entbrannte eine hitzige Diskussion. Es wurde ziemlich spät, und der Direktor schickte alle Artisten und Clowns nach Hause. Sie erreichten gerade noch die letzte S-Bahn.

Nun erst rückte unser Kind mit der Sprache heraus, wie man aus Blech, Glas und Strom einen Scheinwerfer baut. Zum Glück wußte es aus dem Kindergottesdienst, welche Drähte man miteinander verbinden mußte und welche auf keinen Fall. Der Strom wechselte zehnmal in der Sekunde sein Geschlecht, aber das war uns egal, denn jetzt hatten wir endlich eine Beleuchtung.

Und überstürzt begann das Programm mit der Nummer drei, der sogenannten Bierplage, die dann wohl den Konkurs endgültig auslöste. Die Artisten und Clowns, vom Anwalt telephonisch (kostenpflichtig) verständigt, kamen in Nachthemden mit dem Taxi zurück. Sie waren froh, zu guter Letzt doch noch ins Licht treten und singen zu können: »Hey, hey, wir sind die ABC-Puppen aus Geisterstadt!«

Punkt für Punkt erfüllte sich nunmehr das Programm, während der Direktor auf der Seite lag und zu verbergen suchte, daß ihm der Humbold verrutscht war. Jede Programmnummer sollte neunzehn Minuten dauern, doch die Bierplage (s. o.) zog sich schon über eine Stunde hin, das Publikum schlief ein, große Stücke brachen ab, und der Direktor bekam Nierengries. Niemand wußte mehr, wo der Zirkus aufhörte und der Konkurs anfing. Alles war voller Konkursmasse. Die Bierplage brach auch ab. Zwei Herren vom Konkursamt waren plötzlich da und begannen, das Publikum zu wiegen. »Das kann zehn Jahre dauern«, sagten sie. »Wir bitten um Geduld.«

Alarmierende Vorgänge

Vorbemerkung: Der folgende Text ist an der Flächenberechnung des Handlungsorts gescheitert, wird aber trotzdem hier wiedergegeben.

Ein Flugzeug quält sich über den Himmel. Kinder schieben allenthalben Elektrokarren durch die Straßen. Zur selben Zeit ist ein namentlich unbekannter Mann gezwungen, in seiner Werkstatt etwas zu lackieren. Aus der Lacksprühdose kommt anstatt nassen Farbstaubs eine dicke schwarze Wurst. Sie wächst immer weiter an, selbst als der Mann nicht mehr auf den Sprühkopf drückt, und wird zu einem großen Klumpen, der zu leben scheint. Der Mann flieht aus der Werkstatt und verfolgt von draußen durch ein Fenster, was weiter geschieht. Der Klumpen verzehrt den zu lackierenden Gegenstand. Es ist vollkommen klar, daß er nach und nach ausnahmslos alles fressen wird.

Ereignisse

Der Strom der Ereignisse spülte eine geladene Pistole in meine rechte Hand. Ich betätigte probehalber den Abzug, doch es geschah nichts. Ich versuchte es noch einmal, und wieder löste sich kein Schuß. Da mir klar war, daß die beiden festsitzenden Schüsse jederzeit unkontrolliert den Lauf der Pistole verlassen konnten, legte ich die Waffe mit der Mündung zur Wand in eine Ecke. Dort lag sie fortan ganz still, und bald hatte ich sie vergessen.

Wochen später wurde ich vom Strom der Ereignisse in einen von Handel und Wandel verlassenen Teil der Innenstadt gespült. Im Schaufenster eines der vielen leerstehenden Geschäftslokale entdeckte ich die Pistole, die ich daheim in einer Ecke liegend wähnte. Nicht nur erkannte ich sie zweifelsfrei, sondern sah ihr auch an, daß sie sich zwischenzeitlich keineswegs entladen hatte. In ihrem Lauf steckten noch immer die zwei von mir ausgelösten Schüsse. Jederzeit konnten sie krachend herausfahren, die Schaufensterscheibe durchschlagen und jemanden treffen. Ich fragte mich, wie um alles in der Welt die Pistole in diese Auslage gelangt sein konnte. Weil ich mich für sie verantwortlich fühlte, konnte ich die Gefahr, die sie für die Öffentlichkeit darstellte, nicht ignorieren und einfach weitergehen.

Die Eingangstür des Ladens war geöffnet, aber im Verkaufsraum hielt sich niemand auf. Am liebsten hätte ich die Waffe schnell aus dem Fenster geholt, um sie wieder an einen sicheren Ort zu bringen. Den Gedanken an den Transport eines so gefährlichen Gegenstands fand ich jedoch beängstigend, zudem fürchtete ich, bei dem »Diebstahl« von jemandem überrascht zu werden. Und tatsächlich kam in diesem Moment ein älterer Mann aus dem Hinterzimmer. Er trug einen Reisekoffer und begann, den Fußboden damit zu fegen. Ich wurde von meinem Gewissen in den Laden gestoßen. Erstaunt blickte der Mann von seiner Arbeit auf. Ich grüßte ihn kurz, dann erkundigte ich mich nach der Pistole im Schaufenster. »Tut mir leid, die ist unverkäuflich«, sagte der Mann. »Sie war schon immer hier. Aber wenn Sie wollen, können Sie hier im Laden wohnen. Mit der Pistole.«

»In diesem Laden wohnen?« erwiderte ich überrascht. »Das könnte ich mir, von allem anderen einmal abgesehen, überhaupt nicht leisten.«

»Es würde Sie nichts kosten. Ich zahle die Miete weiter.«

»Warum?«

»Wenn Sie hier wären und aufpaßten, könnte ich mich auf die Suche nach meiner verschollenen Zwillingsschwester konzentrieren, ohne den Laden schließen zu müssen.«

»Wie lange kann es denn dauern, bis Sie Ihre Schwester gefunden haben?«

»Das ist unmöglich vorhersehbar. Vielleicht Jahre, vielleicht Jahrzehnte.«

Unter diesen Umständen sah ich keinen Grund, das Angebot abzulehnen. Ich holte die Pistole aus dem Schaufenster und legte sie mit der Mündung zur Wand in eine Ecke des Hinterzimmers. Dann kündigte ich meine Wohnung und übersiedelte in das Ladenlokal. Nachdem der Inhaber zu seiner Suche aufgebrochen war, legte ich mich, um möglichst sicher vor Ereignissen zu sein, mit dem Mund zur Wand neben die Pistole.

In der Fremde

Einer alten Überlieferung zufolge traf ich eines Montag- oder Mittwochabends am Luftbahnhof Stadtmitte ein. Diese Lesart kann jedoch inzwischen von mir widerlegt werden, da es in der sehr kleinen Stadt lediglich einen regulären Bahnhof gab, dementsprechend kam ich mit der Eisenbahn an. Beim Aussteigen konnte ich nirgends den Namen der Stadt entdecken. *Bahnhof* war alles, was in großen Lettern an dem nach damaligen Begriffen modernen Empfangsgebäude stand.

Ich begab mich zum Bahnhofshotel auf der gegenüberliegenden Straßenseite, um mir ein Zimmer zu nehmen. Das Personal an der Rezeption war überrascht, mich zu sehen, weil alle erwartet hatten, ich würde am Luftbahnhof Stadtmitte ankommen und mich im dortigen Hotel Royal einmieten. Ich konnte jedoch, wie oben erwähnt, dieses Mißverständnis ausräumen. Daraufhin überließ man mir gegen Bezahlung ein Zimmer. Auf gebräuchliche Art suchte ich es auf, schloß mich ein und öffnete meinen Reisekoffer. Ich gewann einen Teil meiner auf der Reise verlorenen Würde wieder und dazu die Überzeugung, ich sei in der Lage, die Stadt zu erkunden. Der Hotelarzt befürwortete es, und auch das übrige Personal leistete keinen Widerstand. Zuversichtlich machte ich mich auf den Weg.

Rechts neben dem Hotel stand ein Gebäude mit Ladenlokal. Was im Schaufenster ausgestellt war, erschloß sich mir nicht, und kaum weniger rätselhaft war der große, unentzifferbare Leuchtschriftzug darüber. Ich kehrte zum Bahnhofshotel zurück, packte meine Sachen, bezahlte und fuhr mit dem nächsten Zug nach Hause.

(Derzeit keine Fortsetzung geplant)

Beobachtung im Winter

Da war die verschneite Straße. Jemand hatte alte Häuser in den Schnee gestellt. Im Hintergrund liefen pechschwarze Gestalten herum und entzogen sich der Begründung durch die Vergrößerungszange. Bei genauerem Hinsehen wurden weitere Gestalten sichtbar, die sich vorher in den grauen Mauern der Häuser verborgen hatten. Es schienen keine Frauen unter den Figuren zu sein, die sich da im Winter auf die Haupteinkaufsstraße hinauswagten. Je länger ich hinsah, desto infamer wurde ihr Gesichtsausdruck. Dies war nicht der Zeitpunkt, hinauszugehen und neue Freunde zu gewinnen.

Gegen Fahrräder

Gegen Fahrräder läßt sich manches vorbringen, doch am Störendsten daran sind die langen, straff gespannten Seile, die einen unbarmherzig vorwärtsziehen. Besonders schlimm ist es, wenn letztere sich in dichten Hecken verfangen, die man nicht einfach durchfahren kann. Sich aus einer solchen Lage zu befreien, ist entsetzlich schwer. Ohnehin schon von Unfällen bedroht und kaum in der Lage, sein eigenwilliges Fahrzeug unter Kontrolle zu behalten, muß man dann auch noch absteigen und das Rad auf die andere Seite der Hecke schieben, sofern das überhaupt möglich ist. Im günstigsten Fall kann man das Seilende aus dem Gestrüpp befreien, ohne daß es einem aus der Hand gleitet und das führerlose Fahrrad mit sich fortreißt. Bekanntlich sind günstigste Fälle nicht allzu häufig, geschweige denn die Regel. Aus diesem Grund ist die räumliche Zukunft von dahinrasenden führerlosen Fahrrädern überfüllt. Wir tun gut daran, diesen Bereich ähnlich zu meiden wie das Weltall, wo ganze Lastkraftwagen mutwillig umherfliegen.

Es sollte jedoch bei solchen Überlegungen stets daran gedacht werden, daß die Zentrifugalkraft (siehe: *Zentrifugalkraft im Urlaub*) durch das Fahrrad *immer* zur Zwangsbedingung wird. Das mag anfangs verblüffen, aus philosophischer Sicht ist es aber nichts Neues, taugt auch nicht zum Beweis für die Existenz des Negativen oder der Null. Etwas anders verhält es sich mit dem Thema »Berühmte Fahrräder, die es nicht gegeben hat«.

Unterwegs

Ich wußte nicht mehr, wie lange ich schon unterwegs war. Irgendwann griffen mich Menschen auf, die in einem hier nicht näher zu beschreibenden offenen Fahrzeug einen Sonntagnachmittagsausflug machten. Wenn ich nicht irre, wurde ich liegend transportiert. Auf einmal hieß es, ein riesiger Braunbär laufe auf uns zu. Wir konnten ihn sogar schon von weitem sehen. Vorsorglich warnten wir alle Spaziergänger. Eine ältere Dame erschrak darüber dermaßen, daß sie vom Weg abkam und sich auf dem Feld mehrmals überschlug. Mit dem Fahrzeug war danach nichts mehr anzufangen. Deshalb vermochten wir uns nicht aus der Gefahrenzone hinauszubewegen. Innerlich aufgewühlt bauten wir schnell ein einsames Haus, um dort auf Hilfe zu warten.

Resopalplatte

Der Künstler, der seit Jahren mit einer Resopalplatte zusammenlebte, schaffte sich plötzlich noch eine Resopalplatte an. Ob er mit der auch zusammenleben wolle und ob die beiden Resopalplatten sich denn dann wohl vertrügen, wurde er gefragt. Darauf antwortete der Künstler: »Nicht so viele Fragen auf einmal.«

Das Ende der Zeit

Sebald wollte die Küche der Gemeinschaftswohnung aufsuchen, um etwas zu essen. Er hoffte, niemand außer ihm werde dort sein, da er beim Essen keine Zeugen gebrauchen konnte. Vorsichtig verließ er sein Zimmer und überquerte den Flur. In der Küche traf er jedoch auf Gadrobe, eine seiner Mitbewohnerinnen. Sebald unterdrückte seinen Ärger darüber und tat, als suche er etwas im Besteckfach.

Während sie flüchtig am Glassturz für Küchenflüche roch, sagte Gadrobe: »Ich beteilige mich nur noch aus reiner Gutmütigkeit an der Zeitrechnung. Aber damit ist bald Schluß.«

Sebald horchte auf. »Was meinst du damit?« fragte er verunsichert.

Gadrobe antwortete mit Nachdruck: »Es hört alles auf.«

»Alles? Auch die Zeit?« wunderte sich Sebald. »Wie stellst du dir das vor?«

»Das Ende der Zeit denke ich mir walzenförmig, nichtptolemäisch, an der Seite vielleicht ein wenig wie Käsekuchen.«

Das war zuviel für Sebald. Er spielte kurz mit dem Gedanken, die Küche sofort zu verlassen, ohne gegessen oder sonst irgend etwas getan zu haben, das seinen Aufenthalt rechtfertigte. Jedoch schien ihm das der falsche Weg zu sein. Es gab nur eins, das er jetzt tun konnte. Er lief zu dem lauter als sonst brummenden, geradezu dröhnenden Kühlschrank und riß dessen Tür auf. Dann ging er in die Hocke und streckte seinen rechten Unterarm in die

Kälte des halbvollen Nutzraums. Die Spitze seines Zeigefingers näherte sich langsam dem Klingelknopf an der Rückwand und drückte ihn zuletzt. Augenblicklich blieb die Zeit stehen.

Ein völlig unbekanntes Organ

Es hätte wahllos irgendetwas oder auch alles nur Erdenkliche auf einmal geschehen können, doch stattdessen begegnete mir eines Nachts am Busbahnhof eine offenkundig verwirrte Person. Sie flüsterte mir ein Losungswort zu und nannte eine Adresse, an der ich es aussprechen sollte. Die verwirrte Person blickte sodann wild um sich und äußerte zuletzt die Empfehlung, ich solle zu meiner eigenen Sicherheit das Losungswort lieber abändern. Daraufhin suchte sie das Weite. Sobald meine Verpflichtungen es mir erlaubten, begab ich mich zu der genannten Adresse, einem großen Firmengebäude. Ich trat ein und nannte das (abgeänderte) Losungswort. Zehn Minuten später ließ man mich glauben, ich arbeite in einem fensterlosen Photolabor, das sich, wie ich vermute, im Parterre des Gebäudes befand. Mit einem uralten Vergrößerungsgerät, Photopapier und Chemikalien sollte ich Schwarzweißabzüge von Negativen herstellen, die mir jeden Morgen von einem Boten gebracht wurden. Die Arbeit erwies sich als übelriechend und trostlos. Die Unordnung in dem Labor nahm stetig zu.

Eines Tages entdeckte ich auf einem soeben gemachten Abzug ein unbekanntes Organ. Wenn ich auch zur Arbeit in einem Photolabor kaum taugte, wußte ich mit Organen doch immerhin so gut Bescheid, daß mir ein unbekanntes gleich auffiel. Ich trocknete den Papierabzug und verließ mit ihm das übelriechende Labor durch eine Stahltür, die ins Treppenhaus führte. Viele steinerne Stufen mußte ich aufwärts steigen, bis ich durch eine andere

Stahltür die Etage der Geschäftsleitung erreichte. Mit rätselhaften Photodingen ging man am besten gleich zum Prokuristen, und das tat ich.

»Donnerwetter!« rief er angesichts der Photographie, die ich ihm vorlegte. »Das ist ja ein völlig unbekanntes Organ!«

Er griff zum Telephon, wählte eine Nummer und schrie in den Hörer: »Funke, sofort in mein Büro!«

Funke war der Firmenbiologe und hatte in den dreißiger Jahren über schwere Löcher promoviert. Im nächsten Moment betrat er das Büro, um die absolute Neuheit des abgebildeten Organs zu bestätigen.

»Wer hat die Aufnahme gemacht?« fragte mich der Prokurist. Leider konnte ich ihm nicht mehr sagen als: »Das Negativ war unter denen, die der Bote heute morgen gebracht hat.«

»Lassen Sie mir den Abzug hier«, ordnete er an, »ich kläre das und melde mich wieder bei Ihnen.« Damit schickte er mich hinaus.

Als ich am nächsten Morgen das Labor betreten wollte, fand ich die Stahltür verschlossen und versiegelt. Mangels anderer Möglichkeiten stieg ich also treppauf, um an höchster Stelle Erkundigungen über die Lage einzuholen. Aus den klaren Worten des Prokuristen ging hervor: Meine Zeit als Photolaborant war vorüber. Die Firmenleitung entließ mich mit der Begründung, das Labor müsse wegen überhandnehmender, tribünenartiger Unordnung aufgegeben werden, und fand mich mit einer lächerlichen Entschädigung ab. Insgeheim war ich aber froh, die unschöne Laborarbeit los zu sein.

Durch einen erstaunlichen Zufall begegnete ich viele Jahre später dem inzwischen längst pensionierten Biologen Funke auf seinem Sterbebett wieder. In der Absicht, vor dem Hinscheiden seine

Seele zu erleichtern, gestand er mir, die Geschäftsleitung habe seinerzeit ein Patent auf das unbekannte Organ erworben und Unsummen damit verdient. Es sei eine Ironie des Schicksals, fügte er hinzu, daß er selbst jetzt ausgerechnet an eben diesem Organ sterbe. Ich wollte mich für die Informationen bedanken, da sagte Funke: »Vielleicht können Sie mir bei etwas helfen, das mich stark beschäftigt.«

»Ich will es versuchen«, meinte ich, »worum geht es denn?«

»All mein Leben lang frage ich mich schon, ob ›Brimlok Pudding‹ ein berühmter Detektiv oder der Erbauer der Hauptmenschheitsorgel war. Wissen Sie es?«

»Ja«, erwiderte ich, »so nannte sich Rembrandt in der Mauser.«

Schlechte Kopien aus Holz

Der seinerzeit von meinem Küchenradio aufgeworfenen Frage »Darf man zu Weihnachten schlechte Kopien von sich selbst aus Holz verschenken?« verdankte ich die Anregung zu einem eigenen Versuch. Selbstverständlich war es nicht meine Absicht, *schlechte* Kopien von mir zu erzeugen, doch erwartete ich eingedenk meiner handwerklichen Fähigkeiten kein allzu gutes Ergebnis. Ich schrieb zunächst eine Liste des benötigten Materials.

Die Zutaten für mein erstes Projekt kaufte ich in der alten Ladenstraße, die ich in jener Zeit sehr oft aufsuchte. Sobald ich alles beisammen hatte, begann ich zu skizzieren, zu messen und zu rechnen. Dann sägte, bohrte, feilte, schliff, leimte und bemalte ich, bis – nach einigen minder tragischen Zwischenfällen – zuletzt eine hölzerne Kopie meines äußeren Menschen entstanden war, die mir entfernt ähnlich sah. So weit hatte ich es aus eigener Kraft gebracht. Was mir nun Kopfzerbrechen bereitete, war die Elektrik. Davon hatte ich keine Ahnung. Am Rande der alten Ladenstraße gab es ein Radiogeschäft, dessen Inhaber neben Reparaturen auch elektrische Konstruktionsarbeiten ausführte. Ihn beschloß ich zu fragen, ob er die für meine Kopie nötige Verkabelung übernehmen könne.

In seinem Laden herrschte eine solche Unordnung, daß ich am liebsten sofort wieder hinausgelaufen wäre. Doch bevor ich mich nur umdrehen konnte, entlockte mir der Inhaber geschickt mein Anliegen. Er versprach mir sodann wunderbarere Dinge als der berüchtigte Magic Alex einst den Beatles. Weil ich befürchtete, er würde mich sonst nicht gehen lassen, stimmte ich zu und erteilte ihm den Auftrag, meine Kopie aus Holz zu elektrifizieren.

Ich konnte eine freundliche Bekannte überreden, mich mit meiner Holzarbeit in ihrem PKW zum Laden des Radiotechnikers zu transportieren. Eine Woche später ließ letzterer mich wissen, die Arbeit sei getan. Und tatsächlich fand ich dann alles ausgesprochen zufriedenstellend erledigt. Zudem war der dafür geforderte Preis nicht hoch. Die erste Kopie von mir aus Holz war fertig und funktionierte. Das spornte mich an, weitere in Angriff zu nehmen. Es gab etliche Versionen, die ins Dasein drängten. Erneut beschaffte ich alles, was ich brauchte, und eine Kopie nach der anderen entstand. Jedesmal wollte ich die elektrischen Anschlüsse selbst vornehmen, und jedesmal scheiterte ich. Der Radiotechniker mußte mir immer wieder aus der Verlegenheit helfen.

Mit der Zeit wurde ich dafür viel Geld los. Meine enge Wohnung füllte sich mit den Resultaten der zur Obsession gewordenen Liebhaberei. Es gab mich als Männer, Frauen und Kinder sowie in diversen ethnischen Varianten. Ich mußte damit aufhören. Doch vorher wollte ich noch ein letztes, überaus anspruchsvolles Projekt realisieren, gewissermaßen mein Meister- oder doch zumindest mein Gesellenstück: Ich als Servierwagen. Konnte es mir gelingen?

Ein Ding im Zustand A

Trabkin versteht lediglich die Worte »Mann« und »Hund«. Die achtzehn heuristisch vorgehenden Schatzgräber suchen nach Dingen im Zustand A.

»Manchmal findet man Dinge im Zustand A, manchmal im Zustand B«, sagt Nr. 9. »Es ist wahrscheinlich, daß wir, wenn wir einmal ein Ding im Zustand A finden, beim nächsten Mal eins im Zustand B antreffen«, sagt Nr. 17. Für alle achtzehn Schatzgräber ist die Frage, was zwischen den Zuständen A und B liegt, oder wie die Dinge vom einen in den anderen Zustand gelangen, gänzlich sinnlos. Nur Dinge im Zustand A sind wünschenswert, Dinge im Zustand B oder lange Dinge mit Klumpen zum Beispiel sind es nicht.

»Genau unter Trabkins Bauernhof befindet sich ein Ding im Zustand A«, berichtet Nr. 4 aufgeregt.

»Das Ding müssen wir freilegen. Aber wir können es nicht tun, ohne Trabkin um Erlaubnis zu fragen«, erklärt Nr. 13.

Nr. 1 gibt zu bedenken: »Er wird dagegen sein und uns umbringen, wenn wir ihn nicht günstig stimmen können.«

Es wird beschlossen, Trabkin einige Geschenke aus der Truhe anzubieten. Allerdings muß ihm klargemacht werden, daß es sich nicht um bloße Geschenke handelt, sondern daß man dafür das Ding im Zustand A unter seinem Bauernhof haben möchte.

»Die Pflegetochter würde uns vielleicht helfen«, schlägt Nr. 5 vor.

Trabkins minderjährige Pflegetochter kann mit Besteck essen, ihre Nahrung kauen, sich anziehen, die Zähne putzen und die Schuhe zubinden.

Am späten Nachmittag wagen sich die Schatzgräber bis in die unmittelbare Nähe von Trabkins Bauernhof vor.

»Wir machen eine experimentelle Beobachtung.«

Es gibt zwei Gebäude, das Wohnhaus und den Stall. Fröhlich lachend springt die Pflegetochter auf die achtzehn Besucher zu. Dabei veranschaulicht sie die Plastizität ihrer Anatomie. Sie kann Fragen beantworten, im Erkennen von Gestaltmustern ist sie gut. Die Truhe wird geöffnet.

»Hat Ihr Vater so etwas schon einmal gesehen?« wird sie gefragt.

»Nein«, antwortet sie, »das kann ich mir nicht vorstellen.«

»Das glauben wir gern«, sagen die Schatzgräber.

Ein Verhandlungsgespräch im Stall wird beantragt. Die Pflegetochter hüpft davon, um Trabkin vom Inhalt der Truhe zu berichten. Der Stall sieht furchtbar aus. Hühnermistberge ragen bis zur halben Höhe der Wände empor, von zwei alten Autos sind gerade noch die Dächer zu sehen. Auf einem der Berge steht ein angeketteter Foxterrier und bellt sich fast in Stücke.

Sofort nimmt Trabkin den Schatzgräbern die Truhe weg. Zur Feier des Anlasses schlachtet er ein Schaf. Alle Tiere sind für ihn »Hund«, der Ziegenbock zum Beispiel heißt bei ihm »Mann Hund«. Später sind die achtzehn Schatzgräber dann ausnahmslos überzeugt, einen Hund zu verspeisen. Sie vergleichen die Knochen des Bratens mit Abbildungen in Anatomiebüchern: So sehen Schafsknochen nicht aus. Die achtzehn Schatzgräber sind benommen von dem Rausch, den nur ihr Beruf zu bieten hat.

»Vielleicht rührt es auch vom Genuß des Hundefleisches her?«

Wie sollen sie Trabkin die Sache mit dem Ding im Zustand A unter seinem Bauernhof begreifbar machen? Trabkin sitzt auf dem Boden und hält seinen rechten Fuß als Sonnenschirm über sich.

Der Beginn der dunklen Zeit

Ein Menschendarsteller namens Lubrik Allmann hatte, wie er wiederholt versicherte, immer »ein ums andere Bein zu tun«. Auch behauptete er, sein linkes Bein wisse nichts von seinem rechten. Die Werte für das linke Bein waren angeblich sehr gut, das rechte Bein lag im Dunklen. Deshalb benötigte Lubrik Allmann vielleicht ein zentrales Nervensystem, das die Aufsicht über alle seine Gliedmaßen versah, so gut es eben ging.

Meist hatte Allmann im Garten zu tun. Der Garten war größtenteils mit Mattglasscheiben überdacht, weil Lubrik Allmann den Standpunkt vertrat, der Aufenthalt im Freien sei kein Ersatz für den Aufenthalt in einem Innenraum. Über seinen Garten wurden Unwahrheiten verbreitet. So hieß es beispielsweise, es gebe dort keine Beete, weil Allmann die Erde an einen unbekannten Ort geschafft habe. Einmal wurde er von einer Journalistin aufgefordert, darüber zu sprechen. Er begann also: »Aus den Gartenbeeten kommen hin und wieder hundeartige Tiere heraus.« Darüber wunderte sich die Journalistin: »Aus der Erde?« Allmann bestätigte: »Jawohl, aus der Erde.« Demnach gab es also sehr wohl Erde in seinem Garten, und die Journalistin hatte daran auch keinen Zweifel. Bezüglich der Tiere, die aus dieser Erde kommen sollten, war sie allerdings mehr als skeptisch. »Das gibt es nicht«, lautete ihr Urteil. Lubrik Allmann beharrte jedoch darauf. Das Dunkel, das sein rechtes Bein umgab, verdichtete sich. Indem die Journalistin instinktiv ihre Taschenlampe einschaltete, fragte sie: »Und was tun diese Tiere?« Offenbar hatte sie ihren prinzipiellen Widerstand gegen die Möglichkeit der Existenz solcher Tiere aufgegeben. Ganz ruhig erwiderte Lubrik Allmann: »Sie gehen fort. Man sieht sie dann nicht mehr.«

Nun wollte die Journalistin das Thema nicht weiter verfolgen, sondern lieber ins Haus gehen. Lubrik Allmann hatte nicht das mindeste dagegen, da er sowieso den Standpunkt vertrat, der Aufenthalt im Freien sei kein Ersatz für den Aufenthalt in einem Innenraum. Er beschloß, der Journalistin seine Küche zu zeigen. Dort gab es eine elektrische Beleuchtung, die dem Dunkel um sein rechtes Bein entgegenwirkte. In dem etwas instabilen Licht entdeckte die Journalistin am Fußboden der Küche eine undeutliche Stelle, die sie sich nicht genauer ansehen wollte. Oft genug hatte sie gehört, beim Auftreten undeutlicher Stellen am Fußboden müsse mit Unglück gerechnet werden. Kaum einen Meter weiter fand sie den ersten silbernen Teelöffel. Das konnte wahrhaftig nichts Gutes bedeuten. ›Wenn ich wenigstens Geld dafür bekäme!‹ dachte die Journalistin. Je weiter sie den Küchenboden erkundete, desto größer wurde die Anzahl der silbernen Teelöffel. Sie begriff, daß etwas Schreckliches bevorstand. »Das ist der Beginn der dunklen Zeit«, erklärte ihr Lubrik Allmann. »Mein rechtes Bein kann davon ein Lied singen. Wollen Sie es hören?«

Gute Frage

Als ich soeben die Straße überqueren wollte, sprach mich jemand an. Es war ein ganz und gar nicht unhöflicher, mir aber nichtsdestoweniger in dieser Situation lästiger Mensch. Entschlossen, ihn im Rahmen der gebotenen Hilfsbereitschaft möglichst schnell abzufertigen, blieb ich stehen und hörte mir sein Begehr an. Was er zu sagen hatte, klang wie: »Wurst du welsch von Angesicht?« – »Wie bitte?« fragte ich daher. Er wiederholte Wort für Wort: »Wurst du welsch von Angesicht?« Ich hatte also richtig gehört. Was sollte ich darauf antworten?

Der Füllhahn bei der Formalhantierung der Braut nach internationalem Recht

Der Füllhahn und die Braut gehörten von vornherein nicht derselben Spezies an. Trotzdem und obwohl man nicht wissen konnte, welche Widersacher dies auf den Plan rufen würde, war man entschlossen, die Sache durchzuführen. Anhand erstaunlich einfühlsamer Konstruktionszeichnungen konnte von vereidigten Ingenieuren dargelegt werden, wie fortan die Formalhantierung bei der Braut bemessen werden sollte. Beim praktischen Vollzug erwies sich die Hantierung der Braut (ob formal oder nicht) als unzutreffende Formulierung, denn realiter hantierte ja die Braut den Füllhahn, der selbst jenseits allen Füllens, bis auf unwillkürliche Reflexe, unbeteiligt blieb. Oder war es doch so gemeint, daß an der Braut eine Hantierung vorgenommen wurde? Man war unsicher und versuchte es mit der veränderten Formulierung »Der Formalhahn bei der Füllhantierung der Braut«. Doch war dies keine zufriedenstellende Lösung. Das Vertauschen von Wörtern reichte offensichtlich nicht. Also wechselte man lieber *alles* aus und fügte das unverzichtbare religiöse Element hinzu. Ab sofort ging es um das Thema »Formalhuhn-Bekehrung«. Die Meinungen über die Formalhuhn-Bekehrung gingen weit auseinander. Führende Experten verstanden unter der Bekehrung des Formalhuhns ausschließlich dessen Tötung.

Zur gleichen Zeit verpachtete ein Kraftfahrzeugmeister zum 1. Juli das auf seinem Geschäftsgrundstück befindliche Werkstattgebäude an einen Kollegen, der den Betrieb fortführte. Die gesamte Betriebsausstattung veräußerte der Kraftfahrzeugmeister (s. o.) gleichzeitig an den Pächter. Außerdem verpflichtete er sich der Werkstatt. Zum 31. Dezember erklärte der besagte Kraftfahrzeugmeister (s. o.) überraschend die Betriebsaufgabe. Das Finanzamt sah diese bereits am 30. Juni als gegeben an. Die Veräußerung der gesamten Betriebsausstattung zum 1. Juli sollte der Rekompens für den Aldartenrahl sein, was die zuständige Behörde jedoch nicht gelten ließ. Aus der Zeitung erfuhr der Kraftfahrzeugmeister (s. o.) erstmals von Füllhahn und Formalhantierung der Braut. Das Problem sprach ihn an, und er soll etwas gesagt haben.

Das Mantelproblem

Am Abend ging ich ins Kino. Beim Einlaß in den Saal wurden Brillen verteilt, die helfen sollten, den Film besser zu verstehen. Ich ließ mir gleich mehrere geben. Obwohl ich fremd in dieser Weltgegend war, kannte ich doch den Brillenwart, der mich freundlich grüßte. Ich hätte ihn gern nach seinem Befinden gefragt, kam aber nicht dazu, denn der Publikumsstrom trug mich unaufhaltsam fort zu den Sitzplätzen. Als ich saß, setzte ich die Brillen auf. Trotzdem verstand ich den Film nicht. Gleich in der ersten Szene fraß die Hauptdarstellerin einem Schauspielerkollegen die Armbanduhr vom Handgelenk. Ich zertrat die Brillen und verließ den Saal.

An der Garderobe erwartete mich die Nachricht, mein Mantel treibe sich in der Welt herum und begehe Straftaten, darunter auch Maßstabsverhetzung.

»Hoffentlich bekommen Sie ihn zurück«, äußerte die Nachricht mitfühlend.

»Die Hoffnung«, erwiderte ich, »ist das wichtigste Organ und daher das größte.«

Unerwartete Entwicklung eines Abends

»Sie haben Glück«, sagte die Leiterin des Kulturamts zu mir, »es ist kein Mensch zu Ihrer Lesung erschienen.«

»Und die Menschen, die hier stehen?« wunderte ich mich.

»Die sind immer hier«, erklärte die Kulturamtsleiterin, »sie bevölkern das Foyer ein wenig.«

Ich war erleichtert. Die Lesung fiel aus, das ersparte mir große Unannehmlichkeiten. Eigentlich wollte ich nun gehen, doch die Kulturamtsleiterin bestand darauf, mich mit dem Grafen von Hohenlohe bekannt zu machen. Sogleich präsentierte sie mir einen distinguierten älteren Herrn, den ich bis zu diesem Moment nicht wahrgenommen hatte. Er drückte mir die Hand und sprach freundlich: »Ich habe Ihren Vater gekannt, als er ein Kind war. Manchmal kam er sonntags zu meiner Frau und mir ins Schloß, um mit uns zu Mittag zu essen und Radio zu hören.«

Mein Vater hatte mir wiederholt von seinen Besuchen im Schloß erzählt. Noch im hohen Alter galten sie ihm als Höhepunkte seines Lebens. Und nun lud derselbe Graf auch mich ein! Ich nahm dankend an. Von der Kulturamtsleiterin war nichts mehr zu sehen. Der Graf geleitete mich behutsam hinaus auf die Straße, wo seine weiße Maybach-Limousine wartete. Wir stiegen ein, und der livrierte Chauffeur fuhr uns mit rotierenden Rädern zum Schloß, bis wir dort eintrafen.

Nach dem Aussteigen informierte mich der Graf darüber, daß die Räume des Gebäudes derzeit wegen einer Insektenplage nicht bewohnbar seien, weshalb wir uns in den großen, rückwärtig gelegenen Schloßgarten begaben. Dort lernte ich die Gräfin, eine Inderin, kennen.

»Was haben Sie mir mitgebracht?« fragte sie mich. »Haben Sie Ideen? Eine innere Welt? Erzählen Sie uns alles! Kommen Sie mit an den Fluß, wir betrinken uns!«

Lachend wie ein Schulmädchen, hakte sie sich bei mir ein und zog mich mit sich fort. Der Graf folgte uns. An mich gerichtet sagte er: »Morgen können wir gemeinsam zu Mittag essen und Radio hören. Seien Sie unser Gast, so lange Sie wollen!«

Mir war nicht klar, wo ich übernachten sollte, wenn das Schloß momentan unbewohnbar war. Doch behielt ich meine Bedenken für mich. Der späte Sommerabend erzeugte mit all seinem Blütenduft und Mondlicht eine Situation, die ich widerstandslos annahm. Beim alten Teepavillon unweit des Flusses saßen wir angeregt plaudernd und teuren Wein trinkend. In den Kerzenflammen verbrannten immer wieder prasselnd und zischend Motten. Der Graf schenkte großzügig nach. Ich dachte: ›Wenn mich jetzt mein Hausarzt sehen könnte!‹

Irgendwann verschwand der Graf. Als er nach einigen Minuten zu uns zurückkehrte, hielt er eine kompliziert aussehende elektrische Schaltung in der einen Hand und Lötzeug in der anderen. Er legte den Kram auf den Gartentisch. Bei dem Gewirr aus Drähten, Potentiometern, Widerständen und Kondensatoren schien es sich um einen im Werden begriffenen Rundfunkempfänger zu handeln.

»Sehen Sie sich das an!« forderte der Graf mich auf. »Alles völlig falsch gelötet!«

»Davon will ich gar nichts wissen«, klagte die Gräfin, indem sie ihr Antlitz verbarg.

Dann beugten ihr Mann und ich uns über die tatsächlich kompliziert Schaltung. Bis zum Mittagessen waren wir fertig, so daß wir während der Mahlzeit Radiomusik hören konnten. Es hätte nur noch gefehlt, daß mein Vater als Kind erschienen wäre, doch das geschah nicht.

Die Erfüllung der Forderung

Stattdessen machte ich einfach weiter. Ich lief durch die Straßen, durch die ich vor vierzig und mehr Jahren gelaufen war, und wunderte mich, daß ich nicht dieselben Leute wie damals traf. In einer Seitenstraße traf ich den Kosmos. Zuerst erkannte er mich nicht, denn ich trug neue Schuhe. Sobald er aber meine Verkleidung durchschaute, wurde er zutraulich. »Habe ich erwähnt, daß der Himmel wieder meine Hose getragen hat?« fragte er. Darauf mochte ich nicht eingehen, weil ich fürchtete, in etwas hineingezogen zu werden, das mich erstens nichts anging und mir zweitens gewiß nur Ärger einbrachte. »Ich muß weiter«, sagte ich schnell und ließ den Kosmos stehen. Zweifellos hatte ich rüde an ihm gehandelt, aber was ging mich seine Hose an!

Zwei Blocks weiter passierte ich das Haus, in dem der Heide Sondermann wohnte. »Der Heide Sondermann baute die Sondermann-Orgel im Biertunnel«, wird immer behauptet, jedoch möchte ich mich nicht dazu äußern. Jemand sah aus einem Fenster in der ersten Etage und rief mir zu: »Kommen Sie doch herein!« Ich war noch nie gut im Identifizieren von Menschen, eventuell hatte ich es jetzt mit einem weiblichen Exemplar zu tun. Laut Handbuch konnten die Körpermerkmale so gedeutet werden, daher will ich im folgenden vorsichtshalber Worte wie »sie« und »Frau« verwenden.

Es ist beileibe nicht originell, wenn ein Passant zum Betreten eines ihm fremden Hauses eingeladen wird. Dergleichen dürfte in zahllosen Geschichten vorkommen, allerdings bin ich da auf Vermutungen angewiesen, denn ich kenne keine Geschichten. Ich vermute zudem, daß ich schließlich in einer sogenannten Küche landete. Die Frau, die mich hereingebeten hatte, saß am Tisch und beachtete mich nicht. Unerschütterlich aß sie die stärksten Fleischsorten, ohne Rücksicht auf mein zartes Gemüt zu nehmen. Einer schlechten Angewohnheit nachgebend, versuchte ich, eine Konversation zu eröffnen. »Fleisch wird zum Welterbe erklärt«, war alles, was mir einfiel. Darauf erfolgte keine Reaktion. Ich versuchte es also anders: »Sie essen, als hätten Sie einen zweiten Magen draußen in den Bäumen.«

»Das hätte mein Doktorvater sagen können«, meinte die Frau. Noch am selben Nachmittag stellten wir vor dem Rathaus einen selbstgebauten Kasten auf, in dem wir wochenlang schnarchend saßen.

Landschaftsbegehung

Nun gehen wir tiefer in die Landschaft hinein, was entsprechende Geräusche verursacht. Ein Zoologe ist bei uns, Dr. Bartok von der Forschungsstation. Er kennt auch die Ordnung der Papageien, doch davon wollen wir nichts hören. Dr. Frankfurter kommt keuchend über das Hochplateau gelaufen und ruft schon von weitem etwas, das wie »Ein Eklat des Vertrauens« klingt. Was kann er damit meinen? Er ist, als er uns endlich erreicht hat, so außer Atem, daß er bis zum Ende dieses Textes kein Wort herauszubringen imstande ist. Wir schleifen ihn mit, immerhin ist er Dr. Frankfurter, und vielleicht können wir ihn noch einmal gebrauchen. Im Weitergehen betrachten wir die ausgezeichnete Wirkung der Anpassung von Gelände und Hintergrund. Was uns nicht gefällt, ist der Staub, der sich mit der Zeit auf Bäumen, Sträuchern und anderen Geländeteilen ansammelt. Dieser Staub stellt uns jedesmal, wenn wir mit ihm konfrontiert werden, selbst auf allerkleinstem Raum, vor neue Probleme. Gerade hier, in der Landschaft, können wir ihn am wenigsten gebrauchen. Er bedeutet eine Geländestörung. Abfälle kann man immer und überall nutzbringend verwenden, Staub aber nicht. Der schnaufende, nach Luft ringende Dr. Frankfurter ist innerhalb kurzer Zeit über und über davon bedeckt.

Doch es gibt noch anderes. Es nähern sich Geräusche aus der Höhe, ein Sausen und Pfeifen. Instinktiv erwarten wir eine Gefahr. Dr. Bartok klärt uns auf: »Das sind nur kleine fliegende Teufel.

Ganz harmlos. Sehen Sie!« Wir lassen die Arme sinken und blicken nach oben. Der Schwarm fliegt über uns hinweg, zu erkennen ist nicht viel. Aber wir spüren die elektrischen Schwingungen, die die fliegenden kleinen Teufel erzeugen. Unter der Einwirkung gleichmäßiger mechanischer Quarzschwingungen werden mechanische Deformationen in stabilisierte Hochfrequenzschwingungen umgewandelt. Dadurch setzt sehr schnell die Dämmerung ein. Wir müssen uns um eine Übernachtungsmöglichkeit kümmern. Das ist in der Landschaft allerdings nicht so leicht wie in der Stadt.

»Am Bahnhofsplatz gibt es fast immer einige Hotels, wenigstens doch eines«, schwärmt Frau Dr. Brandenburg, eine starke Raucherin. Ja, am Bahnhofsplatz könnten wir im Licht energiesparender Leuchten mühelos einen modernen Hotelbau finden. Doch das nützt uns jetzt nichts. Der Wind trägt Krähengeschrei heran, ein Hund bellt in der Ferne, eine Kirchenglocke schlägt in unregelmäßigen Abständen immer wieder. Ein paar Schüsse fallen, die Kugeln pfeifen an uns vorbei. Strömender Regen setzt ein, die Zigarette von Dr. Brandenburg verlischt, unsere Stimmen klingen gurgelnd. Dr. Frankfurter droht nun auch noch zu ertrinken.

Der Schatten auf dem Flur

Nachdem ich mich einigermaßen von den Folgen eines mißglückten Suizidversuchs erholt hatte, rieten mir wohlwollende Menschen dazu, einer geregelten Berufstätigkeit nachzugehen. Im Rahmen der Vorbereitungen eines runden Stadtjubiläums suchte die Verwaltung »Mitarbeiter im gestalterischen Bereich«. Ich bewarb mich und wurde eingestellt. Man teilte mich einem vom Stadtarchiv beaufsichtigten Modellbauprojekt zu. Die im Zweiten Weltkrieg und danach völlig zerstörte Talachse unserer Stadt sollte anläßlich eines Jubiläums im Maßstab 1:87 rekonstruiert werden. Angestrebt war der bauliche Zustand von 1930.

Eine aus Studenten, Arbeitslosen und Rentnern bestehende Gruppe Menschen kam werktags zwischen acht und siebzehn Uhr auf der fünften Etage eines Bürohochhauses in einem großen Raum zusammen, der hauptsächlich eine fast zehn Meter lange und zwei Meter breite aufgebockte Holzplatte enthielt. Darauf befand sich eine modelleisenbahnartige Stadtlandschaft in verschiedenen Stadien der Fertigstellung. Schon jetzt war zu erkennen, wie ansehnlich unser inzwischen jeder Beschreibung spottender Wohnort einst gewesen war. Die Gruppe, zu der ich nun gehörte, wurde von einem pensionierten Ingenieur geleitet. Er brachte uns bei, aus allen möglichen Materialien Miniaturbauwerke zu basteln, die ihren Originalen so ähnlich wie möglich sahen. Als Vorlagen dienten uns historische Photographien, Stadtpläne und Luftbilder. Während meine Kollegen an mehreren Stadtteilen arbeiteten, wurde mir ein spezieller Bereich übertragen, für den ich ganz allein zuständig war. Mit etwas Übung schaffte ich es trotz meiner Ungeschicktheit, Beiträge zu dem Projekt zu leisten, die unseren Leiter zufriedenstellten.

Wenn mir die Arbeit an sich auch gefiel, fühlte ich mich doch seit dem ersten Tag unwohl an meinem neuen Arbeitsplatz. Daran hat sich bis heute nichts geändert. Mehr noch als die auffallend bedrückte Stimmung der Mitarbeiter dürfte, wie ich finde, ein unglücklicher »Geist des Ortes« die Hauptursache dafür sein. Zu dem großen, häßlichen Hauptraum, in dem das Modell der Stadt steht, gehören noch einige kleinere, ebenfalls unschöne Räume. Einer dient als Materiallager, in einem halten sich die Angestellten während der Pausen auf, und in einem weiteren hat der Leiter sein provisorisches Büro. Dann gibt es noch eine Teeküche und Toiletten. In dem am Ende des Flurs gelegenen Materiallager stehen ein paar Regale, die Bücher und Ordner enthalten, in denen wir die Vorlagen für unsere maßstabgetreuen Miniaturhäuser finden. Die benötigten historischen Abbildungen können mit einem alten Photokopiergerät auf dem Flur kopiert werden. Das Mitnehmen von Büchern und Ordnern in den Hauptraum ist untersagt.

Einige Wochen nachdem ich die Stellung angetreten hatte, war ich an einem Winternachmittag im Materiallager damit beschäftigt, nach historischen Abbildungen der Bebauung eines Straßenabschnitts zu suchen, der zu dem mir anvertrauten Bereich gehörte. Ich saß, in einem Ordner blätternd, gegenüber der Tür an einem kleinen Tisch. Die Tür ist mit einer großen Milchglasscheibe ausgestattet, so daß immer zu sehen ist, wenn sich jemand auf dem Flur nähert. Als ich einmal von dem Ordner aufsah, ging draußen gerade jemand vorüber. Der Schatten in der Milchglasscheibe bewegte sich schnell von links nach rechts, das heißt, auf das Ende des Flurs zu. Wer in diese Richtung geht, erreicht nach etwa zwei Metern die Wand. Daher erwartete ich, der Schatten werde sich gleich nach links zurückbewegen. Das tat er aber nicht. Irgendwer mußte sich vor der Wand am Ende des Flurs aufhalten, um etwas zu tun, von dem ich mir nicht vorstellen konnte, was es sein mochte. Am liebsten hätte ich nachgesehen, wollte jedoch nicht neugierig erscheinen. Mit der Zeit wuchs meine Neugier. Es geschah nichts, niemand verließ die Sackgasse. Schließlich hielt ich es nicht mehr aus. In der Absicht, so zu tun, als ob ich im Flur etwas kopieren wollte, verließ ich mit dem Aktenordner das Materiallager. Indem ich aus der Tür trat, schaute ich unauffällig nach rechts. Überraschenderweise war dort aber niemand. Ich fragte mich, was ich vorhin wohl gesehen haben mochte. Verunsichert stellte ich den Ordner ins Regal zurück und ging in den Hauptraum, wo alle anderen vor sich hinbastelten. Was ich soeben erlebt hatte, behielt ich für mich. Vielleicht war es ja eine optische Täuschung gewesen.

Doch ein paar Tage später wiederholte sich das Ereignis. Auf der Suche nach Photos von einem bestimmten Gebäude saß ich wieder an dem kleinen Tisch im Materiallager und blätterte in einem stadthistorischen Band. Seit meiner kürzlich gemachten seltsamen Beobachtung war ich etwas unkonzentriert, wenn ich mich in diesem Raum aufhielt. Deshalb irrte mein Blick häufig zu der Glasscheibe in der Tür ab. Und so sah ich eines Nachmittags, wie erneut ein von links kommender Schatten lautlos vorübereilte.

Ich sprang auf, öffnete die Tür und hielt Ausschau nach rechts. Doch da war nur der leere Flur, der nach zwei Metern an der nackten Wand endete.

Mit meinen Kollegen darüber zu sprechen, kam nicht in Frage. Zu keinem dieser Menschen hatte ich ein auch nur ansatzweise vertrauensvolles Verhältnis. Es waren ausnahmslos Fremde für mich. Doch auch den Personen, mit denen ich hin und wieder privaten Kontakt hatte, mochte ich nichts davon erzählen. Es hätte nur zu neuen Auslassungen über meine »Nerven« und somit zu Verdruß geführt.

Der Schatten ist übrigens nicht das einzige rätselhafte Phänomen, mit dem mich meine Mitarbeit an dem Projekt konfrontiert. Nach meinem Eintritt dauerte es nicht lange, bis ich Andeutungen meiner Kollegen entnahm, daß meine Vorgänger mit der Arbeit nicht zurechtgekommen seien. Etwas daran mußte sie verstört haben. Genaues wollte mir indes niemand verraten. Eines Tages stieß ich auf etwas, das mich vermuten ließ, die Ursache gefunden zu haben. Ich hatte das Modell eines mehrstöckigen Firmengebäudes aus dem frühen zwanzigsten Jahrhundert fertiggestellt und fand es ganz gelungen. Da mehrere Bilder vom Original existieren, war es mir möglich gewesen, eine sehr getreue Nachbildung anzufertigen. Doch als ich diese in die Anlage einfügen wollte und mir die alten Photos ansah, um den richtigen Standort herauszufinden, erlebte ich eine Überraschung. Vorher war es mir nicht aufgefallen, jetzt aber erkannte ich: Dasselbe Gebäude – wohlgemerkt nicht nur ein sehr ähnliches – schien zur selben Zeit an drei verschiedenen Stellen des Stadtteils gestanden zu haben. Nun war auch ich verstört. Unser Leiter, den ich ratsuchend darauf ansprach, reagierte gereizt und wollte nichts davon hören. Seine heftige Reaktion konnte ich zwar nicht begreifen, aber ich habe danach nichts mehr zu dem Thema geäußert und das betreffende Haus kurzerhand noch zweimal nachgebaut.

So oft ich kann, verstecke ich mich seither vor Feierabend und lasse mich über Nacht auf der Etage einschließen. Niemand achtet auf mich, deshalb bleibt mein Tun unbemerkt. Während der

Stunden bis zum Arbeitsbeginn am nächsten Tag warte ich auf den Schatten. Ich hoffe, ihm durch die Wand am Ende des Flurs folgen zu können. Ich würde mich ihm auch gern in den Weg stellen, um herauszufinden, ob er durch mich hindurchgeht und was geschieht, wenn er es tut.

Bei meiner Tante

Wichtiger Hinweis vorab: Schülerinnen, aufgepaßt! Hilfsgestein nur noch mit ausführlicher Begründung!

Bevor ich zu einem der wichtigsten Vertreter der Neuen Gebrechlichkeit wurde, lehrte ich an geheimer Stelle Kirchenspaltung und Kolbenhub für Kenner. Danach schickte man mich in den vorgezogenen Ruhestand. Leider kommt eine Rentenerhöhung durch Heiligsprechung für mich nicht in Frage, daher versuche ich, meine Rente aufzubessern, indem ich vor Publikum Gartenschläuche oder lange Elektrokabel mit bloßen Händen aufrolle. Die Menschen können nicht genug davon bekommen. Meine Gastspiele führen mich in alle Landesteile, auch in die abgelegenen, manchmal sogar ins Ausland.

Auf diese Weise gelangte ich einmal an den Wohnort meiner Tante, die mir nach meinem Auftritt zeigen wollte, wo und wie sie wohnte. Ich begleitete sie in einem von mir gebauten Bus nach Hause. Nein, Entschuldigung, nicht in einem von mir gebauten, sondern in einem Bus der lokalen Verkehrsbetriebe. Es bestand nur eine leichte Ähnlichkeit zwischen dem Fahrer und mir, weshalb ich einen Moment lang irrtümlich annahm, ich hätte den Bus gebaut. Doch so etwas könnte ich ja überhaupt nicht. Schon als Kind war ich nie imstande gewesen, Modellbausätze von Schiffen, Flugzeugen oder Automobilen ordentlich zusammenzukleben und anzustreichen. Diese meine Unfähigkeit war sowohl für mich als auch für meine Eltern bitter gewesen, denn sämtliche Mitglieder unserer zahlreichen Verwandtschaft bewiesen auf dem Gebiet des Modell-, Haus-, Instrumenten- und Fahrzeugbaus von jeher Talent. Den Bus, in welchem mich meine Tante nach meinem Gastspiel heimbrachte, hatte eine Cousine von mir konzipiert und gebaut. Das entnahm ich beschämt einer Inschrift im Fahrgastbereich. Meiner Tante waren solche Details gleichgültig, sie hatte ganz andere Sorgen. Allabendlich wurde sie in eine von Verwandten gebaute täuschend ähnliche Nachbildung ihrer Wohnung gebracht, um dort über Nacht zu bleiben. Warum es sich so verhielt, wußte sie nicht.

Meine Tante lud mich ein, bei ihr zu logieren. Das bedeutete, daß ich abends in die Kopie ihrer Wohnung mitgenommen wurde. Im Unterschied zum Original gab es dort ein geheimes Zimmer hinter der Küche. Gleich während meiner ersten Übernachtung kamen einige Wissenschaftlerinnen und Wissenschaftler heraus, um Beweise zu sammeln. Sie überprüften alles, nahmen Maß und machten sich Notizen. Von ähnlichen Fällen wird in populärwissenschaftlichen Büchern berichtet, und es ist deshalb denkbar, daß ich aus einem solchen Werk abgeschrieben habe. Den Beweis dafür werden dereinst Frauen und Männer der Vergleichenden Wissenschaften liefern.

Erlebnis am Meer

Oft weiß man gar nicht, wie man in bestimmte Situationen oder Gegenden geraten ist. So erging es mir, als ich mich auf einmal mit einer fremden Begleiterin am Meer aufhielt. Meine Begleiterin war unfähig, mich zu ernähren, indem sie mir ihre Zunge in den Hals steckte, und umgekehrt vermochte ich sie nicht durch lediglich geträumte Unterleibsfunktionen am Leben zu erhalten. Es schien deshalb geraten, ein Speiselokal aufzusuchen, wo gegen Bezahlung sogenanntes Essen bestellt und verzehrt werden konnte. Für weitere Informationen über diese Zusammenhänge sei an dieser Stelle auf das Thema »Verdauung bei Säugetieren« verwiesen. Unser Bedürfnis führte uns zu einem Restaurant. Jemand hatte gut sichtbar *Hier können Sie essen wie die Toten* neben der Eingangstür auf die Mauer geschrieben.

»Daß das noch niemand entfernt hat«, wunderte sich meine Begleiterin. Ich brachte einen Erklärungsversuch vor: »Vielleicht ist die Inschrift so neu, daß sie außer uns noch niemandem aufgefallen ist.«

»Unwahrscheinlich«, sagte meine Begleiterin. Um sich zu vergewissern, zog sie ein kleines Gerät aus der Jackentasche, mit dem sie das Alter der Buchstaben feststellen konnte. »Zwischen vier und fünf Jahre«, las sie von der Skala ab. »Die Inhaber des Lokals scheinen den Spruch zu mögen. Zumindest dulden sie ihn.«

Mein Urteil lautete: »Das spricht kaum für ihre Seriosität. Meinen Appetit fördert so etwas jedenfalls nicht. Lieber esse ich Blumenerde.«

Hungrig zogen wir uns in unsere Fremdenzimmer mit Meerblick zurück. Vor dem Zubettgehen wurde mir bewußt, daß ich meinen Leitfaden für orthodoxen Schlaf nicht dabei hatte. Weil ich infolgedessen nicht schlafen konnte, blieb ich wach und sah mißmutig aufs Meer hinaus. Ein Ruderboot näherte sich dem Strand. Anscheinend kam es von dem alten Kriegsschiff, das vor der Küste ankerte. Noch bevor das Boot anlegte, lief ihm meine Begleiterin entgegen. Unweigerlich geriet sie dabei ins Wasser. Zuerst wurden ihre Füße in der Brandung naß, dann auch ihre vom Meer umspülten Unterschenkel. Sie stieg ins Boot, ohne daß der Ruderer ihr dabei helfen mußte. Unwillkürlich stürzte ich hinaus, doch da war niemand mehr, auch kein Boot und keine See. Mitten im Weltuntergang stand ich unter dem schlammbedeckten Himmel und drehte wild an den Reglern meines Bewußtseins.

LYDRAT

Die Hände hinter dem Rücken ineinandergelegt, stand Mehlhorn auf dem Weg und tat, als betrachte er den Park. Bei den Bäumen gegenüber der Rotunde bewirkte genaueres Hinsehen, daß sie nicht immer dort standen. An den Tischen, die den Platz vor der Rotunde füllten, saßen undeutliche, schwach gefärbte Menschen wie in einem Gartenrestaurant. Unmittelbar vor Mehlhorns Füßen lag etwas, das zu dunkel und gedrungen war, um sein Schatten zu sein. Solange es da lag, als quelle es aus seinen Schuhspitzen, konnte Mehlhorn nicht weitergehen. Zu seiner Rechten drängte sich am Rand der Rasenfläche eine große Menge stark dreidimensionaler, leuchtend karmesinroter Königsköpfe. Sie schienen über dem Rasen zu schweben, anstatt aus ihm herauszuwachsen.

So unauffällig wie möglich sah Mehlhorn in Abständen, die er als angemessen empfand, zu der Fensterfront der Rotunde hinüber. Bei zweien der Sprossenfenster, die fast die ganze geschwungene Fassade einnahmen, waren die hellblau, hellgelb und hellorange gehaltenen Vorhänge zurückgezogen. Im Inneren waren vier um einen Tisch gruppierte Rohrstühle zu sehen. Der in Halbdunkel getauchte Raum schien menschenleer zu sein. Manchmal war er es, manchmal nicht.

»Haben Sie gesehen, ob die Frau im blauen Kleid in der Rotunde ist?« fragte plötzlich jemand, der von hinten an Mehlhorn herangetreten war. Es war der Mann mit schütterem Haar, der keine Jacke über seinem weißen Oberhemd trug.

»Heute noch nicht«, antwortete Mehlhorn, »aber gestern.«

»Wo hat sie gestanden? Hatte sie ihre weiße Handtasche dabei?«

Der Mann hatte seinerseits eine schwarze Aktentasche bei sich. Mehlhorn berichtete ihm, daß er am vergangenen Tag von der anderen Seite her und aus der Nähe in die Rotunde geblickt hatte.

»Wie haben Sie das gemacht?« fragte der Mann aufgeregt. Mehlhorn wußte es nicht. Aber er erinnerte sich, daß die Frau links vom ersten Fenster an der hellgrünen Wand gestanden hatte, über die große schwarze Fischsilhouetten ihre Bahnen zogen.

»War auch der korpulente Mensch im hellblauen Anzug da?« wollte der Mann im weißen Oberhemd wissen.

»Ja, er hatte ein Trinkgefäß in der Hand. Später war ganz links auch eine Gruppe sitzender Menschen zu sehen.«

»Es ist wichtig, alles genau zu beobachten«, sagte der Mann. Er war derselbe, der bei jeder Begegnung darüber klagte, er sitze an diesem Ort fest, weil er seine Schuhe nicht finden könne, und barfuß käme er nicht weit. Ihn darauf hinzuweisen, daß er sehr wohl Schuhe trug, hätte Mehlhorn als Überschreitung seiner Befugnisse empfunden. Früher oder später kam der Mann auch darauf zu sprechen, daß ihn mitunter der Verdacht beschleiche, vor einigen Jahren bei einer Überflutung seines Kellers ums Leben gekommen zu sein. Das konnte Mehlhorn vorübergehend auf den Gedanken bringen, selbst bereits tot zu sein. Er glaubte nämlich, sich vage an entsprechende Hinweise zu erinnern, die dafür gesprochen hatten. Es konnte aber genauso gut lediglich Einbildung sein. Andererseits mußte er sich doch fragen, wovon und wo er eigentlich lebte. Von Nahrung, die in den Bäumen aufgehängt war? Oder vom Nachhall der an den Tischen auf dem Platz vor der Rotunde verzehrten Speisen? Hatte er eine kleine behagliche Schlafhöhle im Park? Auf Dauer fehlte Mehlhorn die Kraft zu solchen Überlegungen.

»Auf Ihrer Stirn steht etwas«, sagte der Mann im weißen Oberhemd, »ein Wort in Großbuchstaben.«

Das überraschte Mehlhorn. Sinnloserweise griff er mit der Hand an die genannte Stelle. »Was steht da?« wollte er wissen. Der Mann las vor: LYDRAT. Mehlhorn fragte ihn, ob er einen Spiegel bei sich habe, denn er zweifelte stark an der Behauptung. Der Mann verneinte bedauernd. Mit den Worten »Ich muß meine Schuhe finden« verließ er Mehlhorn so plötzlich, wie er aufgetaucht war. Die dunkle, gedrungene Masse vor Mehlhorns Füßen war ebenfalls fort. Er konnte weitergehen.

Es ließ ihm keine Ruhe, daß angeblich LYDRAT auf seiner Stirn stand. Wenn er es auch unwahrscheinlich fand, mußte der Sache doch auf den Grund gegangen werden. Die Fensterfront der Rotunde war ein einziger großer Spiegel, und einer der Wege führte direkt daran vorbei. Nichts war also leichter, als hineinzuschauen und sich zu vergewissern. Bei dieser Gelegenheit konnte Mehlhorn auch schnell überprüfen, was in der Rotunde vorging. Der Zeitpunkt war günstig, niemand befand sich in der Nähe. Auch das Licht hätte kaum besser sein können. Er näherte sich mit dem Kopf einem der Fenster und richtete den Blick auf die Reflexion seines Gesichts. Tatsächlich stand etwas in schwarzen Großbuchstaben, offenbar von Menschenhand geschrieben, auf seiner Stirn. Von rechts nach links gelesen, hieß es, genau wie der Mann gesagt hatte, LYDRAT. Was sollte das bedeuten? Wie kam es da hin? Mehlhorn war klar, daß er es nicht entfernen durfte, weil es ein Beweis dafür war, daß jemand ohne sein Wissen mutwillig etwas auf seine Stirn geschrieben hatte. Ob es sich überhaupt entfernen ließ, war eine weitere, im Moment nicht zu beantwortende Frage.

Darüber vergaß Mehlhorn vollkommen, in den Rotundensaal hineinzuschauen. Er mußte weitergehen. Bewegung war das Wichtigste. Aufgrund der überschaubaren Größe des Parks hielten sich die Auslaufmöglichkeiten in Grenzen. Man mußte zudem die Ränder des Parks meiden, weil dort der Sog des Himmels zu stark war. Leicht konnte man davon erfaßt und, wie es hieß, über den Rand der Zeit gerissen werden. Durch diese Gefahr erlitt die Bewegungsfreiheit eine zusätzliche Einschränkung. Trotzdem entstand keine Langeweile durch Eintönigkeit, denn die Anlage veränderte immer wieder ihr Aussehen. Die Veränderungen waren keine allzu tiefgreifenden und zu Orientierungslosigkeit führenden, sorgten jedoch bisweilen für Irritation. Es gab hauptsächlich Unterschiede beim Baumbestand und dem Verlauf der Wege. Auf dem Platz vor der Rotunde zum Beispiel standen mal zwei Bäume, mal nur einer und manchmal auch gar keiner. Die Rasenflächen, die von den Fußwegen durchschnitten wurden, wechselten oft die Form und fehlten hin und wieder gänzlich. Die verschiedensten Zustände konnten in rascher Folge auftreten. Konstanten blieben zu jeder Zeit die Rotunde und der daran anschließende überdachte Wandelgang mit seinen sechzehn Säulen. Dort traf Mehlhorn oft den Mann mit dem weißen Oberhemd und der schwarzen Aktentasche. Er schien seine Aufmerksamkeit stets ganz und gar auf den Wandelgang zu richten. Wie er zu sagen pflegte, erinnerte ihn dessen Konstruktion an etwas – die Säulen, das Dach –, er wisse nur nicht, an was. Es dauerte dann nie lange, bis der Mann davon sprach, vor ein paar Jahren ums Leben gekommen zu sein, und Mehlhorn eingehend nach den Verhältnissen in der Rotunde befragte. Mehlhorn konnte zu seinem eigenen Erstaunen die Fragen des Mannes immer beantworten. Er wunderte sich auch darüber, wie detailliert seine Kenntnis der Innenausstattung der Rotunde war. In der Mitte des mit golden schimmernden Fliesen ausgelegten Raums war ein kreisrundes, mit einer klaren Flüssigkeit gefülltes

Loch. Es hatte einen Durchmesser von etwa einem Meter und eine Einfassung aus Granit. Über der Flüssigkeit schwebte eine dunkle, metallisch anmutende Kugel, die weniger als halb so groß wie die Öffnung im Boden war. Um die Kugel herum ragte eine Anzahl bauchig geschwungener messingfarbener Rohre auf. Die unteren Enden waren mit der Unterseite der Kugel verbunden, die oberen dagegen bogen sich schwanenhalsartig abwärts und an jedem hing etwas, das aussah wie ein kleiner Lampenschirm aus Glas. Der Mann mit der schwarzen Aktentasche hatte einmal die Vermutung ausgesprochen, die Installation habe »mit der Ankunft von Menschen oder Seelen zu tun«.

Mehlhorn ging immer weiter durch den Park. Es wäre falsch gewesen, stehenzubleiben. Große schwarze Insekten tanzten vor seinen Augen. Ihm begegneten mehrere Menschen, sommerlich gekleidete Frauen und Männer. Niemand schien wahrzunehmen, daß LYDRAT auf seiner Stirn stand. Allmählich sank die Sonne. Der Sog des Himmels an den Rändern des Parks nahm zu, so daß Mehlhorn vorsichtshalber auf dem Hauptweg im Zentrum blieb. Ab und zu schlief er im Gehen ein und erwachte wenige Sekunden später mit wirren Gedanken. Bald hatte er den Eindruck, daß außer ihm niemand mehr im Park unterwegs war. Es zog ihn in die Nähe der Rotunde. Die Vorhänge hinter den hohen Fenstern waren jetzt zugezogen, an den Tischen auf dem Platz saß niemand mehr. Lediglich der Mann im weißen Oberhemd stand dort. Er wandte Mehlhorn den Rücken zu und betrachtete, die Hände hinter dem Rücken ineinandergelegt, den menschenleeren Wandelgang. Seine schwarze Aktentasche hatte er neben sich auf den Boden gestellt. Langsam ging Mehlhorn zu ihm. Noch bevor er an seiner Seite eintraf, bückte sich der Mann zu seiner Aktentasche, öffnete sie und sah hinein. Er schrie auf: »Da sind ja meine

Schuhe!« Auch jetzt wies Mehlhorn ihn nicht darauf hin, daß er sie bereits trug. Mit der Tasche in den Händen richtete der Mann sich auf und strahlte Mehlhorn verzückt an. »Nun kann ich endlich fort!« jubelte er und lief davon.

Als Mehlhorn sich ohne bestimmten Grund – vielleicht aus Gewohnheit – zur Rotunde umdrehte, erblickte er die ältere Frau in dem blauen Kleid. Sie trug ihre weiße Handtasche und kam auf ihn zu.

»So spät noch allein draußen?« sprach sie Mehlhorn nicht unfreundlich an.

»Immer«, antwortete er. Die Frau, die er noch nie außerhalb der Rotunde gesehen hatte, erklärte ihm: »Das kommt daher, daß Sie falsch schlafen.« Es bereitete ihr keine Mühe, »falsch« und »schlafen« unmittelbar nacheinander auszusprechen, ohne daß es mißgebildet klang. Unbestreitbar hatte sie ein gutes Sprachgefühl, vielleicht aber auch irgendwann Sprachunterricht genossen. Um richtig schlafen zu können, sagte sie, müsse Mehlhorn seine Hände mit einer bestimmten grünen Paste einreiben, vor allem zwischen den Fingern. Damit er es sogleich lernte, entnahm sie ihrer Handtasche eine Tube, schraubte sie auf und drückte einiges vom Inhalt auf Mehlhorns Handflächen. So gut er konnte, folgte Mehlhorn ihren Anweisungen. Die grüne Paste quoll zwischen seinen Fingern hervor, und er fühlte im Stehen den Schlaf nahen. Bevor er sich ihm ergab, wollte er schnell noch von der Frau in dem blauen Kleid wissen, ob sie das Wort LYDRAT auf seiner Stirn sah. Was sie auf seine Frage erwiderte, konnte Mehlhorn aber nicht mehr hören.

Eine nie geschriebene Inselgeschichte

Die Inselgeschichte war von Anfang an eine Totgeburt gewesen. Dem Gesetz folgend, daß etwas um so dauerhafter ist, je radikaler es dem zuwiderläuft, was gemeinhin Vernunft genannt wird, schien sich der Gedanke an eine solche Geschichte im Bewußtsein des Autors festgesetzt zu haben. Der Versuch, die Geschichte dann tatsächlich zu schreiben, geriet zu einer hoffnungslosen Affäre. Es mußte schon ein alarmierender Mangel an Inspiration bestehen, wenn sich jemand in seiner Not an ein solches Thema klammerte, um überhaupt eins zu haben. Allein sein Schreibzwang hinderte den betroffenen Autor am völligen Verstummen. Der Schreibzwang wiederum bezog seine Antriebskraft aus der Hoffnungslosigkeit, deren unerschöpfliches Energiereservoir er parasitär anzuzapfen verstand.

Für einen frustrierten Autor, den sein unseliger Schreibzwang einer derartigen Thematik in die Fänge trieb, mochte die Neigung typisch sein, mit grimmigem Vergnügen auf Absurditäten sprachlicher Art zu lauern, um sie für seine Zwecke zu nutzen. Presse, Rundfunk und Fernsehen lieferten ihm überreiche Beute. In einem Rundfunkbeitrag hörte der Autor eines Abends, ein Straßenname sei umbenannt worden. Wohlgemerkt: Nicht eine Straße habe einen neuen Namen bekommen, sondern ein Straßen*name*. Natürlich handelte es sich bei dieser unsinnigen Formulierung um Schlamperei, eine leider auch bei Journalisten häufige sprachliche Unzulänglichkeit. Nahm man die Formulierung jedoch wörtlich, wurde sie zu einem ausgesprochen wilden Gedanken, der das menschliche Vorstellungsvermögen sprengte. Auf einer unvorstellbaren immateriellen Ebene hatte auf nicht denkbare Weise eine sich jeder Phantasie entziehende, jeder Vernunft spottende Veränderung stattgefunden! Es gab keine Antwort darauf, wodurch und warum diese Veränderung ausgelöst worden war, doch wenn so etwas bei Straßennamen geschehen konnte, lag die Annahme nahe, daß auch Vor- und Familiennamen von Menschen davor nicht sicher waren.

Das verhalf dem Autor zu der Idee, der Name der Hauptfigur in seiner hoffnungslosen Inselgeschichte sei auf jener unvorstellbaren immateriellen Ebene umbenannt worden und laute seither »Radsport von Thermostat« (nach einem Übersetzungsfehler in einer Gebrauchsanleitung für chinesische Ölradiatoren). Zum Ursprung seiner Existenz befragt, würde Radsport von Thermostat zu Protokoll geben: »Eines Morgens erwachte ich hier, auf dieser Insel. Ich mußte über Nacht entstanden sein, denn vorher hatte es mich nicht gegeben.« Er besäße zwar eine eigene Identität, jedoch keinerlei Vergangenheit vor dem Morgen seines Erwachens auf der Insel. Der Autor notierte: »Nicht völlig zu Unrecht vermutet Radsport von Thermostat, die gesamte Welt sei mit ihm und seinetwegen entstanden.«

Eine Totgeburt war die Geschichte schon deshalb, weil es überhaupt keine Hoffnung auf Ideen für eine Handlung gab. Außer der Anzahl und den Namen der beteiligten Personen sowie der vagen Vorgabe, daß dieselben auf einer sich selbst verdauenden Insel irgendwelchen Tätigkeiten nachgehen sollten, existierte nichts. Es war nicht einmal sicher, ob es sich überhaupt um menschliche Protagonisten handelte. Der Autor erwog vorübergehend, die Inselbewohner künstliche Wissenschaftler sein zu lassen, die vor Jahren eingesetzt worden waren, um Verschiedenes zu erforschen. »Infolge einer Katastrophe könnten sie für längere Zeit sich selbst überlassen gewesen sein und, nachdem ihre neuronalen Schaltkreise nicht mehr regulär gesteuert wurden, ein seltsames Eigenleben entwickelt haben«, lautete eine Notiz des Autors. Welcher Natur dieses Personal auch sein mochte – es bestand jedenfalls aus der Botanikerin Weingarten, dem Folkloreforscher de Witt, der Geologin Auer und dem Linguisten Dolzmann.

Einer anderen Notiz des Autors ist zu entnehmen, daß irgendwann ein junger Mann namens Radsport von Thermostat hinzukommen sollte, indem er über Nacht von selbst entstand. Anschließend sollten sich die vier anderen an keine Zeit ohne ihn erinnern können. Dieser weitere Protagonist war als Handlungsträger gedacht. Der Notiz zufolge besaß er in Bezug auf die lokalen Verhältnisse (gewissermaßen angeborene) Kenntnisse, die jahrelanger Erfahrung entsprachen. Ihm sollte die Aufgabe zufallen, Regen anzubahnen, Wolken herbeizureden und Sturm zu vergrämen.

Wäre diese Geschichte je geschrieben worden, könnten wir jetzt Radsport von Thermostat dabei erleben, wie er am Morgen seine kleine eingeschossige Holzhütte verläßt, um Regen für den neuen Tag anzubahnen. Dazu muß er wenigstens eine Viertelstunde lang im Freien herumlaufen und sich auf die Vorstellung konzentrieren, es habe bereits ergiebig geregnet. Parallel dazu halluziniert er den Geschmack einer reifen Banane. In der Nähe des Geräteschuppens läuft ihm der Folkloreforscher de Witt über den Weg.

»Auer und Dolzmann sind weg«, berichtet de Witt. »Seit wann?« erkundigte sich Radsport von Thermostat und erfuhr: »Seit gestern. Es war keine Rede davon, daß sie irgendwo hinwollten.«

Radsport von Thermostat hat die beiden immer etwas undurchsichtig gefunden. Ihm gegenüber sind sie stets reserviert und spröde gewesen. Was weiß er schon von ihnen? Die Geologin Auer führt regelmäßige Unterwassermessungen durch, und von Dolzmann heißt es, er beschäftige sich mit der Entwicklung einer »streng monotonen« neuen Verdauungssprache. »In dieser Sprache würde ich gern die Insel besingen«, hat de Witt einmal zu Radsport von Thermostat gesagt, als sie über die Inselfolklore sprachen.

»Die sind garantiert bald wieder da«, meint Radsport von Thermostat, und damit ist die Unterhaltung beendet.

Der Autor ertrug es nicht, sich mit einer ohnehin schon hoffnungslosen Geschichte quälen zu müssen, deren Hauptfigur auch noch so einen albernen Namen trug. Um dessen Nennung im Text möglichst vermeiden zu können, machte er aus der Figur einen Ich-Erzähler. Vorübergehend hatte das eine positive Wirkung auf den Autor. Es entstand sogar noch eine vollständige Szene. Sie existiert in zwei Varianten.

Variante 1

Ich will hier ausführen, wie es seinerzeit war, als uns die beiden älteren Damen besuchten. Der Folkloreforscher de Witt hatte mich nach dem Frühstück gebeten, ihm zu helfen, ein von ihm selbst entwickeltes und gebautes Gerät auf Rollen kreuz und quer über die Insel zu ziehen. Dabei sprachen wir nichts, nur einmal murmelte de Witt: »Wir müssen wahnsinnig sein.« Worauf ich erwiderte: »Ja, und zur Schande des Wahnsinns kommt noch das Klappgeräusch des Apparats.« Das beruhte auf präziser Beobachtung, denn in der Tat erzeugte das von uns gezogene Aggregat ein regelmäßiges, sehr störendes Klappgeräusch. Gegen Mittag kamen wir wieder bei der Forschungsstation an, dem einzigen Gebäude auf der Insel. Wir wollten uns soeben die Hände waschen gehen, da ereignete sich die Ankunft der älteren Damen. Der Vorgang wird an verschiedenen Stellen unterschiedlich dargestellt, hier jedenfalls liest er sich folgendermaßen: Die eine der beiden älteren Damen trug zwei schwere Koffer, die andere eine Art Angel, an der eine Mohrrübe hing. »Hallo, Las Vegas!« riefen beide Frauen.

»Hier ist nicht Las Vegas«, entgegnete de Witt, um Sachlichkeit bemüht. Die Damen protestierten: »Wie kann hier nicht Las Vegas sein? Wir sind immer genau der Mohrrübe gefolgt!«

Variante 2

Eines Dienstagnachmittags fuhren drei ältere Damen auf synthetische Weise vor und hielten bei meinen Schuhspitzen. Ich erwachte unsanft, eine Erklärung verlangend. Die drei kamen dem Vernehmen nach von keiner der Nachbarinseln, sondern vom Festland. Wie sie weiter zu verstehen gaben, waren sie deutschen Glaubens und auf einer Mission. Ihre Mission bestand im Dokumentieren der musikalischen Inselfolklore nach 1827 für nachfolgende Generationen. Durch irgendeinen Zufall, vielleicht infolge einer Schwachstelle in meiner Geheimhaltung, wußten sie von der Absicht des Folkloreforschers de Witt, die Inseln grob zu besingen. Die drei älteren Damen hatten nichts Geringeres vor, als dabeizusein und die akustische Dokumentation zu besorgen. Zu diesem Zweck führten sie ein Magnetophonbandgerät mit, welches in meiner Nähe jedoch sofort aufhörte zu funktionieren. Der Erfolg der Mission war jäh in Frage gestellt. Weil ich eine gewisse Schuld empfand, baute ich den forschungsstationseigenen Rasenmäher so um, daß mit ihm akustische Signale direkt sendefähig in Mono-Eternitwalzen geschnitten werden konnten. Solches Verfahren bot die beste von Menschen überhaupt zu erzielende Tonqualität.

Die Damen dankten mir im voraus für meine Mitarbeit. Ohne Themen wie Vertrag, Vergütung oder Aufwandsentschädigung gestreift zu haben (Anmerkung: Aufzeichnungen meiner diesbezüglichen Telephonate mit der Honorarabteilung füllten später drei Viertel des Tonträgers), begannen wir bei strahlendem Sonnenschein mit den Aufnahmen. Es war schockierend, wie der Folkloreforscher de Witt mit weit aufgerissenem Mund und ganz falscher Stimme sowohl die Tradition der westeuropäischen Vokalkunst beschmutzte als auch das ambitionierte Vorhaben ad absurdum führte. Das Geräusch des Rasenmähers übertönte mildtätig seinen groben Gesang, so daß nachfolgende Generationen nur ein Motorgeräusch hören würden. Groß war die Pracht dieser Aufnahmen. Wegen ihres Riesenerfolgs bei Eichhörnchen wurde die gesetzliche Frist für Insellieder verlängert.

Diesem letzten Aufbäumen folgte dann aber die endgültige Kapitulation vor der Unmöglichkeit, die Geschichte zu schreiben.

Nach- und Hinweise

Die meisten der hier versammelten Texte entstanden in der Zeit zwischen 2017 und 2021. Die meisten der kürzeren erschienen zuerst auf der *Wahrheit*-Seite der *taz*. Alle Texte wurden für die Buchpublikation großenteils stark überarbeitet.

Die längeren Texte erscheinen hier zum ersten Mal.

Zwei Texte finden sich bereits in früheren Büchern Eugen Egners:

Im Konkurszirkus ist eine Neubearbeitung von *Eine Zirkusgeschichte aus neuerer Zeit* (aus dem Sammelband *Schnölb*!), und eine frühere Version von *Ein Ding im Zustand A* erschien zuerst in dem Band *Getaufte Hausschuhe und Katzen mit Blumenmuster*.

Bio-Bibliographie

1951 Geboren in Ingelfingen / Baden-Württemberg.
1955 Umzug der Familie nach Wuppertal.
1967 Nach der Mittleren Reife werden verschiedene Ausbildungen abgebrochen (Schaufensterdekorateur, Chemigraph, Werbekaufmann).
1971 Erste Comic-Veröffentlichung in *HörZu.*
1973–1982 Arbeit als Graphiker bei verschiedenen Arbeitgebern.
1977–1980 Sologitarrist der Rock-Band Armutszeugnis.
1983–1990 E. E. zeichnet Bildergeschichten für *Die Sendung mit der Maus.*
1986 Der Bildband *Als die Erlkönige sich Freiheiten herausnahmen* erscheint im Wuppertaler Sisyphos Verlag. E. E. schickt den Band an den von ihm geschätzten Loriot, der ihn »eindrucksvoll eigentümlich« nennt und seinem damaligen Schwiegersohn Gerd Haffmans zeigt, in dessen Verlag fortan E. E.s Zeichnungen, Bildergeschichten und schließlich auch Prosatexte erscheinen.
ab 1987 Hörspiele für die WDR-Jugendsendung »Riff/Ohrclip« (bis 1996); Zeichnungen und Prosa-Miniaturen im *Diners Club Magazin*, Wien (bis 1989), Texte und Cartoons in *Kowalski* (bis 1993).
ab 1989 Cartoons in *Titanic.*
1991 *Aus dem Tagebuch eines Trinkers – Das letzte Jahr* (Haffmans); *Glücklich ist, wer vergißt, daß er nicht zu retten ist* (Cartoons, Semmel Verlach).

1992 *Als der Weihnachtsmann eine Frau war und andere erstaunliche Geschichten* (Haffmans); *Der künstliche Mann* (Bildergeschichte, Haffmans), *Das Blöken der Blumen* (Cartoons, Semmel Verlach); *Meisterwerke der grauen Periode* (Bilder und Prosa, Verlag Weisser Stein). – Ausstellungen: Gemeinschaftsausstellung »Am Anfang war der Strich«, Hamburg; »30 Jahre Neue Frankfurter Schule und ihre Folgen«, Kaiserlautern; »Caricatura II«, Kassel.
1993 *Der Universums-Stulp* (Roman, Haffmans).
1994 *Phrenesie-Album* (Bilderzyklus, Verlag Weisser Stein). – Ausstellungen: »Müll«, Cartoonfabrik Köpenick; Triennale Greiz; Gemeinschaftsausstellung mit Chlodwig Poth, Galerie am Chamissoplatz, Berlin.
1995 Ausstellungen: »Menschen, Medien, Mutationen«, Cartoon-Messe am Fernsehturm, Berlin; »Echt billig«, Hamburg; »Vom Fest gezeichnet«, Denkmalschmiede Höfgen.
1996 *Getaufte Hausschuhe und Katzen mit Blumenmuster* (Prosa, Reclam Leipzig); *Was geschah mit der Pygmac-Expedition?* (Novelle, Weisser Stein). – Ausstellungen: »Sie wünschen«, Moritzbastei, Leipzig; »Königliches Amüsement«, Caricatura, Kassel; Gemeinschaftsausstellung: 5. Berliner Karikaturensommer; »Liebe, Lust und Laster«, Frankfurt.
1997 *Das Huhn und die Tänzerin* (Texte zu Bildern von Michael Sowa, zusammen mit F. W. Bernstein und Gerd Haucke, Rowohlt). – Ausstellungen: »Leben ist Leiden, Kunst ist Kampf«, Flohrmühle, Eschede; Gemeinschaftsausstellung: 6. Berliner Karikaturensommer; »Die komische Kunst«, Caricatura, Kassel; »Die 4. Dimension«, Hamburg; »Konsum«, Ausstellungszentrum unterm Fernsehturm, Berlin.
1998 *Die Tagebücher des W. A. Mozart* (Pastiche, Haffmans). – Ausstellungen: »Wunder und Variationen«, Comix Shop, Basel;

Gemeinschaftsausstellung: »Alles Lüge« – 7. Berliner Karikaturensommer / Verleihung des »Schwindelpreises«; Aufstellung einer Großplastik »Synthetischer Hirsch« in Weyhausen bei Eschede.

1999 *Androiden auf Milchbasis* (Roman, Haffmans).

2000 *Der Notfall erfordert alles* (Erzählung, Wehrhahn).

2001 *Die Eisenberg-Konstante* (Erzählungen, Haffmans); *Aus der Welt der Menschen* (Gesammelte Prosa und Bildergeschichten, Zweitausendeins); *Androids from Milk* (übersetzt von Mike Mitchell, Dedalus). – Nach dem Konkurs des Haffmans Verlags erscheinen E. E.s Bücher bei Zweitausendeins.

2002 *Die Durchführung des Luftraums* (Prosa, Zweitausendeins); *Aus dem Tagebuch eines Trinkers und andere Texte* (CD, gesprochen von Harry Rowohlt und Eugen Egner, Zweitausendeins).

2003 *Gift Gottes* (Erzählungen, Zweitausendeins). – Die finanzielle Situation ist prekär. Auf Anraten von Ror Wolf wendet sich E. E. in dieser Situation dem Verfassen von Hörspielen für Erwachsene zu. Der WDR produziert das Hörspiel *Der Notfall erfordert alles*; Kasseler Literaturpreis für grotesken Humor.

2004 *Darwins Lücke* (Hörspiel, WDR).

2005 *Die Tagebücher des W. A. Mozart* (CD, gesprochen von Herbert Feuerstein, Random House); *Als der Weihnachtsmann eine Frau war* (Erzählung, illustriert von Rudi Hurzlmeier und Michael Sowa, Zweitausendeins).

2006 *Das Schattenfräulein* (Hörspiel, WDR); *Was macht eigentlich Harry Absolut?* (Hörspiel, WDR). – Wiederaufnahme der musikalischen Betätigung; Gründung des Improvisationstrios Gorilla Moon mit Dietrich Rauschtenberger (Schlagzeug, Saxophon) und Dietmar Wehr (Bass).

2007 Jubiläumskonzert »30 Jahre Armutszeugnis« in der »Börse«, Wuppertal; *Nach Hause* (Erzählungen, Zweitausendeins). – Beendigung der Zusammenarbeit mit Zweitausendeins. Die nächsten Prosabände erscheinen im Verlag kuk / Edition Phantasia.

2008 *Schmutz* (Erzählungen, kuk / Edition Phantasia); Kingsley Amis: *Anständig trinken* (illustriert von Eugen Egner, Rogner & Bernhard); *Olga La Fong* (Hörspiel, WDR); *Shuk* (Hörspiel, WDR).

2009 *Die Beseitigung* (Hörspiel, WDR), *Die Traumdüse* (Kurzprosa, kuk / Edition Phantasia); *Egners bunte Welt des Frohsinns* (Gesammelte Cartoons, Monsenstein & Vannerdat).

2011 *Schnölb!* (Prosa und Bilder, Eichborn); *Alles kommt wieder* (Hörspiel, WDR), *Zu jung für eine eigene Hose* (Hörspiel, WDR); Bernd-Pfarr-Sonderpreis für Komische Kunst; seit Ende des Jahres: wöchentliche Kolumne *Aus Eugen Egners Püppchenstudio* bei *Titanic online*.

2012 *Totlachen im Schlaf* (Prosa, kuk / Edition Phantasia).

2014 Uraufführung der Oper *Der Universums-Stulp* von Stephan Winkler nach E. E.s gleichnamigem Roman im Wuppertaler Opernhaus; *Die Landschaft* (Hörspiel, WDR).

2015 *Der späte Bus* (Hörspiel, WDR)

2016 Wiederauferstehung des Trios Gorilla Moon nach dreijähriger Pause.

2017 Beginn der Zusammenarbeit mit der Wuppertaler Galerie Kunstkomplex (Online Shop); im Selbstverlag erscheinen die Bücher *Das Abenteuer-Milchbuch von Lupe und Millibar* und *Der Mann und das Schnitzel und andere Collagen* sowie einige Kalender mit Egner-Motiven. *Die wahren Zusammenhänge* (Prosa, kuk / Edition Phantasia); *Aldartenrahl* (Hörspiel, WDR).

2018 Von-der-Heydt-Kulturpreis der Stadt Wuppertal.
2019 *Alter Ego* (Hörspiel, WDR).
2021 *Ihr Radio hat eine wichtige Nachricht für Sie!* (Prosa, Verbrecher Verlag); *Fabelhaft* (Cartoons, KX Verlag).

Seit den 1990er Jahren außerdem Texte und Cartoons in zahlreichen Anthologien sowie in *Zeit, Zeit-Magazin, Frankfurter Rundschau, Junge Welt, Rolling Stone, Eulenspiegel, Frankfurter Allgemeine Sonntagszeitung, Berliner Zeitung, taz.*

Ştefan Agopian

HANDBUCH DER ZEITEN

Übersetzt aus dem Rumänischen von Eva Ruth Wemme

128 Seiten
Hardcover
18 €

ISBN 978-3-95732-309-5

In einer Pfütze erwachen Ioan, der Geograf und der Armenier Zadic. Wo kommen sie her? Wo gehen sie hin? Zeiten und Geschichten schieben sich wie Eisschollen übereinander, der Winter und der Krieg, einsame Nächte, in den mit Dämonen am Feuer gesoffen wird; große Hunde und große Vögel liefern sich blutige Kämpfe mit rostigen Flinten. Licht und Dunkel, Lust und Angst liegen im erbitterten Kampf. Mürrische Pandidaktiker fabulieren über die Welt und über Bohnen; Tod und Pest führen in das letzte teuflische Lazarett. Ioan und Zadic breiten am Ende betrunken von Mastix ihre Flügel aus und die Welt verdunkelt sich für immer.
»Handbuch der Zeiten« gilt als moderner Klassiker Rumäniens. Viele der heute jungen Autorinnen und Autoren betrachten Agopian als Vorbild.

Eine die Epochen überwölbende, wortklaubende phantasievolle kleine Satire.
Markus Bauer / NZZ

Verbrecher Verlag | Gneisenaustraße 2a | 10961 Berlin | info@verbrecherei.de

www.verbrecherei.de

VERBRECHER VERLAG

Tom Combo

INNERES LIND

Roman

Hardcover
240 Seiten
20 €

ISBN: 978-3-95732-409-2

Bruno, Gerda, Miriam und Patrick, sie waren einmal Subkultur, Mountainbiker, die in den Wäldern der Provinz rund um Winterthur illegale Bike Partys organisierten. Jetzt sind sie in der Stadt angekommen. Radfahren tun sie, wenn überhaupt noch, allein. Dafür stehen sie sich im Weg. Bewusst und unbewusst. Sie begegnen sich in der alternativen Kneipe, dem Eck, oder bei der Arbeit. Sie versuchen, im Leben Fuß zu fassen, aber sie landen im Wasser, im Dreck oder auf der Wache.

Die Vergangenheit, die an die Tür klopft, lässt die Freundschaften bröckeln. Und manch einer, der Verantwortung übernehmen und eingreifen möchte, fragt sich, wozu das gut sein soll, wenn am Schluss doch alles wieder anders kommt.

In griffigen Dialogen und bisweilen surreal anmutenden Szenen erhalten wir tiefe Einblicke in das Innenleben der Figuren und deren Suche nach einem Weg um die zahlreichen Abgründe des Lebens herum. »Geht Wollenmüssen?« ist nur eine der existenziellen Fragen, die dabei gestellt werden.

Tom Combo hat einen aufrüttelnden Roman geschrieben über Freundschaft, Selbstbestimmung, die alternative Szene, und darüber, wie bei aller Liebe alles auseinanderdriftet. In klarer Sprache erschafft er Bilder, die sich lange im Kopf halten.

VERBRECHER VERLAG

Gisela Elsner

DAS BERÜHRUNGSVERBOT

Roman

Mit einem Nachwort von Veronika Kracher

224 Seiten
Broschur
16 €

ISBN 978-3-95732-425-2

In dem Roman »Das Berührungsverbot«, der erstmals 1970 erschien, widmete sich Gisela Elsner, diese genaue Beschreiberin der deutschen Verhältnisse, einem Modethema: der sexuellen Befreiung. In ihrem »Anti-Porno« (Emma) wollen mehrere Paare sich im so genannten Gruppensex üben, um der Spießigkeit ihres bisherigen Lebens zu entfliehen. Doch der Ausbruch, der nie einer war, endet nur in einem Akt unglaublicher Rohheit, die versuchte Befreiung von der bürgerlichen Enge wird zur Gewalttat.

Katharina Rutschky schrieb in der Frankfurter Rundschau: »Ist Gisela Elsner mit ihrer ungebändigten Lust an der Groteske und ihrem Insistieren auf einem apsychologischen Konstruktivismus nicht eine ältere Schwester von Elfriede Jelinek, die mit dieser Methode und teilweise vergleichbaren Inhalten bis heute erfolgreich ist?«

VERBRECHER VERLAG

Asja Bakić
MARS
Erzählungen

160 Seiten
Hardcover
20 €

ISBN 978-3-95732-474-0

In »Mars« zeigt Asja Bakić eine Reihe einzigartiger Universen, in deren Mittelpunkt Frauen stehen, die vor die Aufgabe gestellt sind, der seltsamen Realität, die sie erleben, einen Sinn zu geben. Eine Frau wird von Tristessa und Zubrovka aus einer Art Vorhölle befreit, sobald sie eine Aufgabe erfüllt. Eine Meisterin der Täuschung wird mit jemandem konfrontiert, der ihr Geheimnis kennt. Eine Schriftstellerin soll einen Bestseller unter Pseudonym geschrieben haben, woran sie sich jedoch nicht erinnern kann. Abby scheint ihr Gedächtnis verloren zu haben, und doch weiß sie, dass mit ihrem misstrauischen Ehemann etwas nicht stimmt. Eine weitere muss auf dem Mars über ihr Verbrechen reflektieren, Autorin zu sein.

Nicht nur das inhaltliche Konzept der Erzählungen ist beeindruckend, sondern auch die Methode: Gekonnt verwebt sie in das klassische Erzählmuster Elemente aus der Genre-Literatur – Horror, Science-Fiction und Fantasy. Entstanden sind so spannende, oft humorvolle Geschichten, die emanzipierend sind, ohne in politische Agitation zu verfallen. Publishers Weekly kürte die amerikanische Ausgabe von »Mars« 2019 zu einem der 25 besten Büchern des Jahres in den USA der Kategorie Belletristik.

»Auf jeder Seite merkt man, wie sehr Bakić es liebt, die Lesenden in die Irre zu führen. ›Mars‹ ist ein feiner, kleiner, fieser Band voller böser Kurzgeschichten, die einmal das Gehirn durchspülen.«
Ava Weis / Missy Magazine

VERBRECHER VERLAG

Anke Stelling

GRUNDLAGENFORSCHUNG

Roman

192 Seiten
Hardcover
20 €

ISBN 978-3-95732-447-4

Schnell gehen sie vorbei, die Sekunden der Erkenntnis. Sie müssen festgehalten werden! Oder erst erzeugt anhand von Figuren, Beziehungen, außerordentlichen Begebenheiten. Das Leben ist undurchsichtig und erzählenswert. Und es gilt, in diesem Leben vorzukommen, zwischen all den Wünschen und Enttäuschungen, den gesellschaftlichen Normen und alltäglichen Herausforderungen. Wer bin ich denn hier überhaupt? Wer könnte ich sein?

Die nervöse Zwanzigjährige, die hofft, dass ihr Freund anruft. Die hoffnungsvolle Dreißigjährige, die glaubt, dass bei ihr alles anders wird. Anders zumindest als bei der ätzenden Ex, die doch hätte wissen müssen, dass Kinderkriegen auch keinen Ausweg darstellt. Oder bin ich vielleicht sogar die? Es ist gut, ein paar Erzählungen als Wegweiser zu haben. Für jetzt – und für später. Sag nicht, du hättest's nicht gewusst! Hier steht's doch, schwarz auf weiß, und Spaß macht es auch noch.

In diesem Erzählungsband vermag man sämtliche Motive, Themen, ja geradezu die gesamte literarische Welt Anke Stellings zu entdecken – und diese Erforschung ist nicht nur für Stelling-Fans faszinierend.